U0113677

天地长白狩猎人

曹保明◎著

中国文史出版社
CHINA CULTURAL AND HISTORICAL PRESS

图书在版编目（CIP）数据

天地长白狩猎人 / 曹保明著 . -- 北京：中国文史
出版社，2020. 10
ISBN 978 - 7 - 5205 - 2320 - 2

Ⅰ. ①天… Ⅱ. ①曹… Ⅲ. ①纪实文学 - 中国 - 当代
Ⅳ. ①I25

中国版本图书馆 CIP 数据核字（2020）第 183266 号

责任编辑：金硕

出版发行：**中国文史出版社**

社　　址：北京市海淀区西八里庄路 69 号院　　邮编：100142

电　　话：010 - 81136606　81136602　81136603　81136605（发行部）

传　　真：010 - 81136655

印　　装：北京温林源印刷有限公司

经　　销：全国新华书店

开　　本：660×950　1/16

印　　张：17. 25

字　　数：216 千字

版　　次：2021 年 1 月第 1 版

印　　次：2021 年 1 月第 1 次印刷

定　　价：58. 00 元

心怀东北大地的文化人

——曹保明全集序

二十余年来，在投入民间文化抢救的仁人志士中，有一位与我的关系特殊，他便是曹保明先生。这里所谓的特殊，源自他身上具有我们共同的文学写作的气质。最早，我就是从保明大量的相关东北民间充满传奇色彩的写作中，认识了他。我惊讶于他对东北那片辽阔的土地的熟稔。他笔下，无论是渔猎部落、木帮、马贼或妓院史，还是土匪、淘金汉、猎手、马帮、盐帮、粉匠、皮匠、挖参人等等，全都神采十足地跃然笔下；各种行规、行话、黑话、隐语，也鲜活地出没在他的字里行间。东北大地独特的乡土风习，他无所不知，而且凿凿可信。由此可知他学识功底的深厚。然而，他与其他文化学者明显之所不同，不急于著书立说，而是致力于对地域文化原生态的保存。保存原生态就是保存住历史的真实。他正是从这一宗旨出发确定了自己十分独特的治学方式和写作方式。

首先，他更像一位人类学家，把田野工作放在第一位。多年里，我与他用手机通话时，他不是在长白山里、松花江畔，就是在某一个荒山野岭冰封雪裹的小山村里。这常常使我感动。可是民间文化就在民间。文化需要你到文化里边去感受和体验，而不是游客一般看一眼就走，然后跑回书斋里隔空议论，指手画脚。所以，他的田野工作，从来不是把民间百姓当作索取资料的对象，而是视作朋友亲人。他喜欢与老乡一同喝着大酒、促膝闲话，用心学习，刨根问底，这是他的工作方式乃至于生活方式。正为此，装在他心里的民间文化，全是饱满而真切的血肉，还有要紧的细节、精髓与神韵。在我写这篇文章时，忽然想起一件事要向他求证，一打电话，他人正在遥远的延边。他前不久摔伤了腰，卧床许久，才刚恢复，此时天已寒凉，依旧跑出去了。如今，保明已过七十岁。他的一生在田野的时间更多，还是在城中的时间更多？有谁还比保明如此看重田野、热衷田野、融入田野？心不在田野，谈何民间文化？

更重要的是他的写作方式。

他采用近于人类学访谈的方式，他以尊重生活和忠于生活的写作原则，确保笔下每一个独特的风俗细节或每一句方言俚语的准确性。这种准确性保证了他写作文本的历史价值与文化价值。至于他书中那些神乎其神的人物与故事，并非他的杜撰，全是口述实录的民间传奇。

由于他天性具有文学气质，倾心于历史情景的再现和事物的形象描述，可是他的描述绝不是他想当然的创作，而全部来自口述者亲口的叙述。这种写法便与一般人类学访谈截然不同。他的写作富于一种感性的魅力。为此，他的作品拥有大量的读者。

作家与纯粹的学者不同，作家更感性，更关注民间的情感；人的情感与生活的情感。这种情感对于拥有作家气质的曹保明来说，像一种磁场，具有强劲的文化吸引力与写作的驱动力。因使他数十年如一日，始终奔走于田野和山川大地之间，始终笔耕不辍，从不停歇地要把这些热乎乎感动着他的民间的生灵万物记录于纸，永存于世。

二十年前，当我们举行历史上空前的地毯式的民间文化遗产抢救时，我有幸结识到他。应该说，他所从事的工作，他所热衷的田野调查，他极具个人特点的写作方式，本来就具有抢救的意义，现在又适逢其时。当时，曹保明任职中国民协的副主席，东北地区的抢救工程的重任就落在他的肩上。由于有这样一位有情有义、真干实干、敢挑重担的学者，使我们对东北地区的工作感到了心里踏实和分外放心。东北众多民间文化遗产也因保明及诸位仁人志士的共同努力，得到了抢救和保护。此乃幸事！

　　如今，他个人一生的作品也以全集的形式出版，居然洋洋百册。花开之日好，竟是百花鲜。由此使我们见识到这位卓然不群的学者一生的努力和努力的一生。在这浩繁的著作中，还叫我看到一个真正的文化人一生深深而清晰的足迹，坚守的理想，以及高尚的情怀。一个当之无愧的东北文化的守护者与传承者，一个心怀东北大地的文化人！

　　当保明全集出版之日，谨以此文，表示祝贺，表达敬意，且为序焉。

冯骥才

2020. 10. 20

天津

目录 Contents

上篇 鹰

第一章
狩猎人家

寒露快要到来的时候，有个叫赵明哲的人显得极其急躁和不安。他每天不断地数着天上云彩，观察着云的厚度，计算着风吹云走的速度。村里人知道，他是在盼着草开堂。

草开堂就是下霜。在东北，季节的变化非常明显，人们俗话叫应节气，特别是秋天。秋天，大约是在秋分前后，几场秋雨过后，天渐渐寒凉了。风吹落树上的叶子，并拨薄天上的云层，把一块块的云片迅速刮走。这一切都告诉人们，快到草开堂的时候了。

草开堂是无情的，一昼夜间，寒霜就使万物凋零、树叶飘飞、青色褪尽、遍野枯黄。

东北管寒霜叫酷霜、毒霜。酷，是指霜非常残酷，来得迅速，让人和一切生灵措手不及。往往头一天植物还是翠绿的，可转眼之间生机勃勃的生命迹象就消失殆尽了。毒，是指霜的无情。自然中的植物，特别是地上的草还来不及结籽就完结了。

霜落草死从表面上看这是正常的自然现象，而其实大自然的每一个细微变化都预示着一个事件结束和另一个事件开始。就像寒霜使万物萧索，植物枯黄蔫死了，可动物却到了捕食的黄金季节。霜落草死，突然间使大地变得宽绰敞亮，荒原四野开阔，动物们可以追踪它们要捕获的猎物，准备度过即将到来的寒冬。

这时的北方并不是一片死寂，经霜的植物在做无力的最后挣扎，依靠晌午有限的阳光想要疗好冻伤的肌体。各种动物都出动了，寻机填饱自己的肚子，或带一些食物回到自己的巢穴。这时候，北方的人也被寒霜激励起来了。如赵明哲，他要在万物大捕食的季节里去捕捉一种动物，因为捕捉它只有在这个季节。

一进入秋季，每天后半夜赵明哲都睡不踏实。他早早起来，蹲在院子里草垛前看天。

东北的霜总是在后半夜下来，四野漆黑一片，只有他手上端着的烟袋锅里的火一红一亮。他的旁边，是一个一个空空的木架，那木架上曾经托着他的家族几百年的残梦。

突然，他身后传来匆匆脚步声，是买豆腐的儿子回来了。

儿子赵继锋端着豆腐盆站在爹身后，说："爹，现在草开堂啦！"

赵明哲故意问："你咋知道？"

儿子回答："手端豆腐盆，冻手。"

"是轧骨凉吗？"

"是那种轧骨凉。"

老练的爹在黑暗里得意地笑了。其实他早已从烟袋锅的烟杆的凉度中判断出夜里子时，北方的霜已经来了。他从心里对儿子如今会掌握和判断时令和节气的本领佩服起来，但他不能当儿子面夸儿子。

他在脚前的一块石头上磕磕烟袋锅里的烟灰对儿子吩咐道："快让你

妈烧火做饭，咱们俩准备网。吃了饭，咱们快上山，抢占头一片山场子。"

黎明前的黑暗之中，爷俩分别在自家的仓房和院落里忙碌起来，准备着木杆和套网等狩猎工具。他们也知道，在这时屯子的其他人家也在这样忙碌着，他们都是在自觉不自觉地重复着一种习惯，一种古老而久远的习惯。

一、鹰屯来历

鹰屯，在中国的东北。只要你来到东北，只要你来到长白山区，只要你向东北人打听那个叫鹰屯的地方，人们就会告诉你它的位置。

发源于长白山的松花江，穿过莽莽林海奔流而下到 420 公里的地方，大江突然变成了南北垂直的流向。南边是一望无际的大森林，属于长白山余脉的庆岭和龙潭山，北面是大兴安岭的张广才岭接近舒兰的岭脉，而西面和西北面则开始渐近吉林省西部嫩江科尔沁草原入口。穿越森林的松花江水清澈而凉爽，沿途把森林、湿地和草甸上的腐殖质带入水中，于是使江中鱼繁殖加快。自古以来，如三花、五罗、十八丁等鱼种繁多，其中有珍贵的鱼种——鲟。鲟，叫鲟鳇，又称黑龙江鲟，它是东北沿江渔民世代捕捞的主要鱼类。

鲟鳇鱼是洄游性鱼类。它的繁殖习性与鲑鳟鱼类相同，但生长十分缓慢，由仔鱼长为成鱼需要二十多年，寿命可在百年以上，大者体重可达千斤。它习惯沿河上溯至源头冷水处产卵，待幼鱼孵化后长至近百斤时会沿河而下，游向大海，民间把这种鱼称为"其鳘鲋子"。这种鱼在大洋中长到性成熟后，再从大洋游回近海，于是沿着养育过它的母亲河洄游到老家繁殖后代，因此常被当地人捕获。

鲟鳇鱼具有顽强的生命力。每年的春季，当松花江上的冰排在春风吹拂下渐渐地化尽，鲟鳇鱼便千里迢迢地从北部的鄂霍次克海溯流游入乌苏里江、黑龙江，最后进入松花江水域。

这些鱼顶水而上，竟然能游至松花江上源（也称南源）附近的乌拉一带。而且，还会往上游可以进至到今抚松的两江口、松江河、漫江和锦江大峡谷（长白山腹地），真是一件不可思议的事情。

公元 1613 年，清太祖努尔哈赤率兵经过此地，一见这儿鱼多，就下令在此盖一栋楼存放渔网，从此"渔楼"这个名字就出现了。渔楼这一带，宽阔的松花江到这里显示出自己的独特风采。夏季，从上游江水带下的季风迅猛地吹刮着渔楼北岸，使这儿的古台地势渐渐变得平坦；秋冬，来自嫩江科尔沁草原的寒风，又把江水吹向右岸，使得江的左岸草甸显得空旷和开阔，于是江湾台地处就长起了茂盛的柳树，这一带便被称为柳条通。

柳条通是东北森林、江河与平原交会处一种独特的地貌，也是北方特有的湿地型草甸。

夏季，森林和草原交合处的柳条湿地里各种食鱼食虫的小动物迅速繁殖起来，野兔、野鸡、水鸭、地鼠遍地皆是，特别是在北方出名的水獭和旱獭也在这儿占领了地盘。冬季，来自渔楼的土岭把季风拉向南岸，这一带又形成了一处天然的避风港，许多来不及迁徙的鸟儿可以在这一带越冬。

就这样，渔楼一带就成了各种动物理想的生存之地。当各种动物争相在这里繁衍生息时，一种奇特的动物也加入这个行列里，那便是鹰。

生活在东北有一种叫"海东青"的鹰，是天空中飞翔的猛禽。它喜欢捕捉活的小动物，靠吃它们的血、肉而生，于是长白山和嫩江科尔沁草原交汇处的渔楼湿地和江边草甸一带就成了它们的首选之地。这些生于遥远的鄂霍次克海以北的大鸟竟然每年秋冬千里迢迢从遥远的北方飞来，到这一带的岗岭和湿地草甸捕食。春天，它们再飞回北方的海洋孤岛上的悬崖处去产蛋生崽，就这样不辞辛苦地一代一代地延续着一种生存规律。

就像人有记忆一样，其实鸟也是有记忆的。海东青每年都不误时节，准时从北边飞来到渔楼。因此这一带有一句俗语："二八月过黄鹰。"是指这里每年阴历的二月和八月，是天上的鹰飞来飞去的时候，而它们喜欢栖息的地方就是渔楼一带。于是，在人们心里逐渐形成了渔楼一带产鹰、出鹰的概念，人们在不知不觉中就把渔楼叫成鹰屯了。

二、一个衙门与鹰屯

因为鹰的缘故，把这里叫作鹰屯只是原因之一。从远古时起，世居吉林地方的部族向中原王朝进送贡品早就形成了惯例。那时候，居住在不咸山（今长白山）以北的肃慎、挹娄族就向中原王朝进贡了"楛矢石砮"（一种箭杆和箭头所用的战争武器）。

北魏时，勿吉族的贡品主要是马匹，甚至一年两贡。到唐时，靺鞨诸部的贡品已有鲸鱼、鱼睛、貂鼠皮张和战马。到了宋辽时期，女真贡辽的主要物品为马和貂皮。清代，入主中原的满族作为统治阶级，宫中的所有祭品、用品均采之于自己的故乡——吉林，包括春秋两季的贡品，贡品又分月贡、岁贡和万寿贡，等等。

其贡物也包罗万象。

如人参。挖出后，先放在一张地苔藓上，然后打包，称为"人参包子"。捆扎好后，待时机送往北京紫禁城。

如猴头蘑。鲜时上山采来，然后阴干。阴干，是指不在烈日下暴晒，而是放在小窝棚里或放上架杆，让大自然的风将其吹干，然后装入花篓，待秋后送往京城。

从前，北方民族对山野菜的采制和加工已有了相当高超的技能。他们能将诸多的山野植物保存好、加工好，带着丰富的营养送往京城。

如把蒿。这是一种独特的香蒿。它的主要用途是放在东北的一种山鱼里调味。在东北民间，人们常说的一句俗语是：

关东山，真奇怪，

山里的蒿子论斤卖。

蒿子就是指这种把蒿。把蒿在夏秋开小粉花，并散发出淡淡的清香。它的茎和叶放在山鱼中去炖，其纤维中的叶质便会和山鱼产生出一种混合物质，使鱼肉奇香无比，因此在很早就成为朝廷的贡品。

还有年息香。年息香是朝廷从事祭祀活动时点的一种香。这种香，是由长白山里的叫年息的植物加工而成的。

年息长在山坡和河谷的朝阳地带，酷似金达莱花，又称达子香。植物生长旺盛期时山里到处飘荡着它浓郁的芳香。夏秋割下风干后，用铁碾子将它碾成末，然后做成香料，用来从事祭祀活动。

这种香点燃后，烟中飘荡着浓浓的山野气息，是满族祭祀祖先活动时的主要用品。

所有的贡物，都要由打牲乌拉衙门筹办。提起"乌拉"一词，在东北民间有这样一个说法：先有吉林市，后有长春市；先有乌拉，后有船厂（吉林市）。可见"乌拉"一词的古老。

乌拉，又叫吉林乌拉。满语的意思是沿江靠川的意思。在松花江边上有个叫乌拉的地方，那就是吉林（今吉林市）一带。由于这儿江宽水阔，明永乐年间朝廷在此造船以抵抗北部边境入侵的罗刹（俄国侵略者），从此得名船厂。

由于清顺治年间，清朝入主中原把东北作为它的后勤贡物基地，于是打牲乌拉总管衙门就设在了吉林的乌拉街（衙门所在地），统管着东北的经贸和边务。

那时，乌拉街打牲乌拉衙门官位高居三品，与曹雪芹祖父所管辖的江南织造一起构成中国四大贡物基地，维系着中原王朝的生存命脉，而唯独东北的吉林打牲乌拉衙门归朝廷内务府管辖。吉林打牲乌拉衙门权大地广，除了管辖吉林地面一任物产外，还管辖着北至鄂霍次克海以北的库页岛和东至海参崴（今俄符拉迪沃斯托克）一带等广大地区。

清时期的重要驿站，由北京东直门出发，经四十三驿而到达终点的尼什哈驿站（今龙潭山），主要是为把朝廷的"火信"（头等重要的信息和命令）传送到北方，同时也把堆集在这里的贡品、物品运往中原。

在所有的贡品之中，有一样很重要的贡品，那就是鹰——海东青，以及由海东青捕获的大量的天鹅的绒毛织做的白玉衫和白玉帽，而这个繁重的贡物任务就落在了由乌拉街衙门管辖的鹰屯人身上。于是，几乎在几百年间，鹰作为朝廷的主要贡品，乌拉街的衙门大员几乎天天不离鹰屯，他们要鹰、朝廷要鹰、中原要鹰，这使得东北地区这些捕鹰八旗牲丁们连做梦都在和鹰搏斗。

三、人鹰与共的黄金时代

东北民族在久远的生存历程中面对自然，面对族与族、部落与部落之间的生死厮杀，他们也在寻找精神上的一种崇拜和寄托。

从远古时起，北方民族就知道在大地上寻找生命力最强的动物作为自己的偶像。这偶像是什么呢？据《汉书·匈奴传》载：

周穆王伐畎戎，得四白狼，四白鹿以归。

据《多桑蒙古史》载：

成吉思汗在其教令中嘱诸子练习围猎，以为猎足以习战。蒙古人不与人战时，应与动物战。故冬初为大猎之时，蒙古人围猎有类出兵……

而主要的作战对象，就是凶狠的苍狼。

北方著名民族文化人类学专家富育光先生，在他的《萨满论》中写道：

……满族和达斡尔、鄂伦春、鄂温克一些萨满所崇敬的黑狼神，它是勇敢无敌、疾恶如仇的除恶驱暴的萨满护神与助手，凡是遇到凶险、奸猾、夜间施暴的魔怪，都要委托它用智勇在黑暗中吞噬。它是疯狼，然而它也是恶魔鬼魂的杀手……

十二、十三世纪的北方，崛起的北方民族突出感受到自己生存的艰难，他们要抗争和生存，眼观六路耳听八方地观察着周边的自然，希望有一种力量进入到民族的肌体。北方民族首先注意到了身边的狼。

在北方的土和草中生出的动物，狼的生存耐力引起了北方民族首领的高度注意。那是一些精灵一样的动物。它们面对困苦，视死如归而且不屈不挠。狼族中的亲情友爱，狼与草原万物的关系和情感，都给北方民族以深深的启迪和感悟。于是，他们从心底生出一种愿望——崇拜它。

崇拜使诸多的传奇出现了。

据司马迁《史记·大宛列传》载：

乌孙王号昆莫，昆莫之父，匈奴西边的小国也。匈奴攻杀其父，而昆莫生，弃于野，乌衔肉蜚其上，狼往乳之。

单于怪，以为神，而收长之。

同样是草原上的传奇，《周书·突厥》载：

突厥者，盖匈奴之别种。姓阿史那氏。别为部落，后为邻国所破，尽灭。其族有一儿，年且十岁，兵人见其小，不忍杀之，乃刖其足，弃草泽中，有牝狼以肉饲之。乃长，与狼合，遂有孕焉。

狼把人养大？人与狼，竟有血缘关系？

当大量的记述关于人类与狼的关系的文字见诸各类文字资料中时，独特的长白山文化中的记忆文化引起了专家学者的注意。

记忆文化，就是非物质文化。

其实，人类的诸多文化，只有很少一部分被文字记载下来，更多的、更重要的部分是传承在人自身的生存形态上，那就是非物质的口头传承的文化类别，也就是记忆文化。而长白山文化中有极其厚重的也是非物质口头文化内容。可是，关于人与狼的深层关系的非物质文化会有吗？

原来在长白山地区，在那古远的冻土地带居住的民族中，在天苍苍野茫茫的大地深处，人狼与共的故事比比皆是。首先我们在东北著名的民族文化学家富育光先生之父富希陆先生讲述、整理的《雪妃娘娘与包鲁嘎汗》（满族说部）中发现，北方的女真族姑娘雪妃与包鲁嘎汗生下一个儿子，被洪水和野火围困于森林野莽，竟然真是被狼奶大，养育成人。这些生动的文字向人类真实地展示了为什么马背上的民族不去信奉马而崇狼的真实原因，恰恰表现了北方民族渴求获得一种顽强的生存能力。这也许就是北方民族能强大起来，并入主中原的根本原因，狼是北方民族大地上的英雄。

在北方民族崇尚大地英雄——狼的同时，历史学者们又惊奇地发现，与他们的崇拜相对衬的还有天上的英雄。那么，人们崇拜的天上的英雄是谁呢？

我们从诸多原始文化的记述中不难发现，一只张开巨翅，扶摇九万里的神鸟，几乎覆盖了中华民族各个历史时期的天空。在北方民族中，这只鸟也救下了他们的祖先。这是什么鸟？它为什么救人？

今天，当我们翻开北方民族的重要历史著作《萨满教与神话》（富育光著，辽宁大学出版社1990年版），发现了这样的记载：

传说，在很久以前，人类正处于洪水时期，天下汪洋一片，不见土地的影子。这时天神阿布凯恩都力派他身边的一个侍女救助天下受洪水之灾的人。

她来到人间,看到汪洋之中只有一块冰山小岛的一角上有一男一女,于是她就派小海豹去救出了他们。可是,救上岛也出不了洪水的包围,于是她又派鹰去,把他们二人叼到一个小岛上,从此这个小岛上就留下了人,鹰使人的生命存活下来。

这一个小男孩一个小女孩后来成了夫妻,他们生下的第一个孩子是女孩。

后来,洪水继续上涨,快淹没了小岛,是鹰把这个小孩叼到山洞里,让小孩吃它的奶长大。于是小孩长大了,称它为"鹰妈妈"。

从这个故事中我们不难发现其中的意思:人是鹰的孩子,鹰是能够爱人类、爱本类。而人也能像鹰那样所向无敌。所以,男萨满在祭祀时也要穿上神裙,把自己打扮成女人的样子,称自己为女萨满,这都表现了人类来源于母系氏族,展示了北方民族对鹰的歌颂。

崇鹰和祭鹰,表现了北方民族久远的祖先崇拜观念,这是北方民族的文化形态核心。

祭鹰其实既是在祭人,也是在祭神。一个民族的崛起和强盛,他们需要从自然界中得到一切强大的力量,以成为自己的偶像,来支撑自己。于是,地上的狼、天上的鹰,成为北方民族普遍崇拜的自然神灵。

鹰神的故事是在北方开始的。

一天,成吉思汗的十一世祖孛端察儿被家人抛弃了,他一个人孤独地走进孛儿罕山,和一只雏鹰相依为命。

后来,这只小雏鹰渐渐长大了。每天它都出去捕来肥美的山羊和其他小动物，孛端察儿得以活了下来。

一年后，他回到了家。别人问他，你是怎么活下来的。

孛端察儿说，是鹰让他活下来的。后来孛端察儿后代繁衍起来，形成了孛儿只斤氏族。孛儿只斤氏族为纪念这只鹰，封它为鹰神。

传说在成吉思汗登汗位以前，有一天他打猎回来，没想到他的义友扎木台安答在途中暗自挖下陷阱来害他。这时，走在途中的成吉思汗肩上的猎鹰发现一只小鼠钻进地面，鹰立刻下去掀起小鼠，这才露出下面的陷阱。因为猎鹰救了成吉思汗，所以猎鹰在人们心目中具有很高的地位。就是到了今天萨满戴着的神帽上还铸有铜鹰，表示神鹰至高无上，居于神的头上。

虎儿年（1206 年），成吉思汗在斡难河畔升起九足的旄纛，建立了蒙古汗国，号称成吉思合罕。在这个九足的旄纛上，就绣有鹰的图案。

北方民族日渐强盛，这使他们地上崇狼、天上崇鹰的观念越来越清晰，鹰的文化观念铺天盖地般涌现开来。朝廷的官员和贝勒肩上如果能站着一只苍鹰，仿佛有一种神奇的民族力量被唤起，他和他的家族也都能像鹰一样强大，心想事成，于是朝廷用鹰的数量越来越多，要求也越来越高，鹰屯的地位就这样被历史凸显出来，而它的黄金捕鹰时期也便开始了。

透过今天人们所欣赏到的灿烂的鹰文化，也许人们往往还感受不到鹰文化背后的残酷和血腥。

在北方，在茫茫的长白山老林里这个猎鹰村屯中，捕鹰人留下了一段又一段悲壮而凄惨的故事和传奇。

第二章
久远的祖先

一、先祖东归

东北一进入冬季，就开始飘雪，四野很快就被笼罩在银色中。风整日把雪末卷起，刮向天空，就是太阳升起来，周边还是朦朦胧胧一片，旷野彻夜的寒冷空寂，皑皑白雪上，没有任何生息迹象。

清顺治二年（1645 年），一伙人蹚着大雪由西向东，艰难地跋涉着，领头的是一个叫巴公生的老汉。

那年，巴老汉已经 60 多岁了，他手拄着一根木棍，长长的银须上结着灰白的冰凌，跟着他的是七八个年轻小伙子，他们的胡须和眼眉上也都结着冰和霜。老汉气喘吁吁地停下来，手打遮阳向东遥望。

地平线上，在那灰白的雪原的尽头，一条银子似的白线闪着光泽。叫只要风刮起雪末，转眼间又什么也看不见了。这是北方寒冬的特点，那细碎的雪雾气弥漫在空气里，使周围变得模糊和朦胧。

老汉叹了口气，用手揉了揉有些昏花的老眼，自言自语地说："不中用了、不中用了。孩子们，你们快好好看看，前边有没有一条白。"

许久许久，当北方的老风吹刮累了，或许是风喘息的瞬间，雪雾沉落下去了，只见阳光渐渐透出冻雾。突然，遥远的地平线上又出现了那条白线。

大伙狂叫着，看到了！看到了！老汉终于咧开嘴乐了。大颗的泪珠从他苍老而干裂的脸上流下来，他用手抹了一把已被冻成冰疙瘩的眼泪说道："孩子们，快走吧，那儿就是咱们的祖地松花江啊。"

故事中的"祖地"就是现在的鹰屯。

鹰屯，是有着浓郁满族民俗风情的古村。进屯的人只要打眼一看，就会望见那一座座最具代表性的"大烟囱安在山墙边"。

东北气候寒冷，烟囱安在山墙边，可以延长烟和火在室内停留的时间，这是东北人的发明。另外，这种房屋结构，在冬天也可以使放在烟囱桥子上的鸡窝里的鸡暖和一下。

古朴的农舍、院套、大酱缸，处处透出这个从前在迁徙和征战的民族的生活方式和特点。

"关东山三大怪"更能体现生活在这里的人们独特的生活方式和习惯：窗户纸糊在外，养个孩子吊起来，十七八姑娘叼个大烟袋。

这里有富有特色的粉坊、豆腐坊，还有其他独具特色的习俗：冬包豆包讲鬼怪，过年杀猪炖酸菜，身穿旗袍更气派。

柴垛、大草垛，表明了这儿的民族依山而居，依草而居的生活习惯。一座座的草垛、一头头的黄牛，使古朴的村庄更具淳朴、恬淡的韵味。

鹰屯还是一个具有历史积淀的地方。早在四千多年前，松花江流域的广大地区就有肃慎生活于此。唐朝时，这一带建立了被誉为民族史上"海东盛国"的渤海国，并创造了灿烂的古东北文化。契丹灭渤海国后，黑水兴起，被契丹人称为"女真"。辽代时，生活在黑龙江一带的女真完颜部兴起，女真人的首领完颜阿骨打率众起兵反辽，建立大金国。元灭金后，在这一带设胡里改万户府。明朝时设塔山卫和乌拉卫，直隶遥远的奴儿干都司。

明初以来，黑龙江、松花江、辽河、浑河流域的女真部落经百年迁徙逐渐形成建州、海西、东海、长白山四大女真群落。海西女真又叫海西女真扈伦四部，即辉发、哈达、乌拉、叶赫四大部落。

15 世纪中叶，女真各部落之间相互兼并争斗，具有雄才大略的建州女真首领努尔哈赤乘乱适时而起，以其卓越的领导才能逐渐统一女真各部，吞并了长白山部所属的珠舍里、讷音、鸭绿江三部。1603 年，努尔哈赤在赫图阿拉（今辽宁新宾）创立后金，其势力范围以浑河流域为中心，西抵抚顺，东至长白山北麓和东麓，南抵鸭绿江。接着，建州女真开始了统一东北大业的计划。当时，努尔哈赤首选之敌就是海西女真扈伦四部。他一边与四部中最为强大的乌拉卫首领布占泰联姻通婚，一边在用不到十年的时间，一战灭哈达，二战克辉发，从而使乌拉和叶赫两部失去了两个有力的盟友，而这时的建州女真一下子把矛头指向了乌拉女真。

当年的乌拉部在海西扈伦部中是实力最强的一支，又处于鼎盛时期。该部所辖地域辽阔，物产丰饶。乌拉都城经九代人的建设，已易守难攻，处于交通要道上冲，史称东方第一大城。可是这一切，都挡不住建州女真统一东北的决心。公元 1607 年，努尔哈赤决心与乌拉兵刃相见。

在随后的历史记载中，1608 年努尔哈赤攻克乌拉部宜罕山城；1612 年，连克乌拉沿河六城；1613 年正月，努尔哈赤统兵三万再征乌拉，在富尔哈城下与布占泰展开决战（也就是此时他命名了的渔楼村）。史料记载：

此役乌拉部被擒两万余人，阵亡近万余，弃甲七千副。所有马匹皆被建州军缴获，富尔哈城被焚毁。在乌拉大战获胜后，努尔哈赤率部下在乌拉地方驻营十日，将当地人及降卒编户万家，并派军留守，重建城池，恢复民生，从此，乌拉部消失于史。

后金天聪三年（1629 年）皇太极下特旨："乌拉系发祥之胜地，理宜将所遗满、汉旗人源属，一脉相关，就在乌拉设置安官。"皇太极怕原乌拉部族人东山再起，选派讷音城的迈图（今乌拉镇官通村"将军傅"女真的第五世祖）带家眷迁来任乌拉地间嘎善达（满语：今村长之意）。顺治初年（1644 年）清入主中原，建立大清王朝并逐步统一中国，但是女真人并没有忘记他老家的乡情和故土，顺治十四年（1657 年）清在乌拉城设立打牲朝贡机构，并任迈图为六品总管，负责采捕这儿的特产：东珠、鲟鱼、松花砚、海东青、人参、貂皮等。

冒着严寒中返回乌拉故地的巴公生一支族人，就是当年跟随太祖征战四方的乌拉女真部人，如今他们又被派回乌拉，并定居鹰屯，专职捕鹰贡鹰。这一伙人，就是满族捕鹰八旗的祖先，他的家族的后代人称这次回归为"先祖东归"。

二、把记忆打开

在赵明哲家里，我们见到了一张古老的已经黄烂的纸质家谱《赵氏家族谱书·渔楼屯》，这个北方家族古老而苍凉的狩猎历史就这样清晰地向世人打开。

谱书上记载着：

我祖伊尔根觉罗氏，满洲之望（旺）族也，自前明时与我太祖皇上同居于长白山北分水岭西，旋又迁居于辉发川内呼兰哈达岭下，嗣因。

太祖拓疆辽北于天聪五年建都沈阳，号为盛京。我始祖安公兄弟三人随征，西迁居于沈阳南依，吉福屯焉。至顺治元年定鼎，顺天二年间即于打牲乌拉安定满洲，我始祖遂北迁至于斯焉，征时我。始祖二弟随龙进京。

三弟安居沈阳，此我始祖三位之所由来也。

二始祖巴公生。

太祖皇上三个儿子：老大为呼兰哈达，二始祖巴公生，三始祖为巴哈坦。以下依次为莫尔根，七十七，扎兰泰，色克金佈，滕金，赵和平，赵英禄，赵文周，赵明哲……

也就是说，从赵明哲算起，他的祖上来乌拉街打牲乌拉衙门从事捕鹰狩猎已是十二代了。分别为：

第一世祖：呼兰哈达

第二世祖：巴公生

第三世祖：巴哈坦

第四世祖：莫尔根

第五世祖：七十七

第六世祖：扎兰泰

第七世祖：色克金佈

第八世祖：滕金

第九世祖：赵和平

第十世祖：赵英禄

第十一世祖：赵文周

第十二代传人：赵明哲

第十三代传人：赵继锋

按《赵氏家族谱书·渔楼屯》载赵氏祖先活动情况计算"天聪五年"（1631年），其祖上随皇太极建都盛京（沈阳）"安公兄弟三人"随"征西迁居于沈阳南依吉福屯"。顺治三年（1646年）即于始祖"北迁"于"打牲乌拉"。这正是清太祖努尔哈赤把统一女真之后有功的建州女真之明哲始祖"安公兄弟三人"中的"老二"巴公生，派往乌拉并永世为之打牲进贡的钦定文字记载。

由此，赵氏一族便从那时开始一直在松花江边乌拉街的鹰屯定居下来。捕鹰活动历史事件记载遍见于古老的谱书之中。书中记载，赵家第四世祖为莫尔根，而他的儿子叫"七十七"，这记载了四世祖莫尔根是77岁那年生下五世祖，并取名为"七十七"的。

因为女真族和满族生儿的习俗告诉人们，在从事到大自然中去捕获鹰猎的活动中没有男性是不行的，因此族人必须要生儿子。

而不管男人多大年纪，只有生了儿子他们的责任才能完成，繁重的贡务才能延续下去。

据赵家回忆，四世祖莫尔根就是鹰达（鹰首领）。那一年，他已到了77岁，可喜的是，就在他将带领牲丁出发捕鹰时，夫人为他生下了儿子。

三、捕鹰世家

爷爷赵英禄7岁就玩鹰。

玩鹰这句话在今天听起来仿佛是指人不干正事，就干闲事的意思。可是从前，玩鹰在古老的乌拉鹰屯是男人们必须从事的一项事业，因为这是长大成人的标志。

玩鹰，就是熟悉鹰、品评鹰的脾气秉性，以便驯它。只有熬驯好了，才能把"成鹰"献给朝廷。于是，从小家里大人就让男孩子和鹰打交道，一般都是从七八岁开始。

赵英禄记得小时候家里的鹰杠上从来没断过鹰。断了鹰的人家不是一个合格的"鹰把头"（鹰首领）。

那时候，鹰屯家家被称为鹰户。

鹰户，就是具体从事捕鹰、驯鹰的人家。一个鹰户一年上缴多少"成鹰"是有数的，到时必须按数交到打牲乌拉衙门，再由衙门"押鹰"送往朝廷，因此爷爷赵英禄小时就成天在"鹰堆里"睡觉。

在鹰屯人人都知道，赵英禄本来是个秀才，可他的四书五经是在鹰堆里读下来的。记得从前爷爷赵英禄是边遛鹰边读书。驾鹰读书的方式是这样：右手的鹰袖上蹲着鹰，左手握着书本，边走边读。

赵明哲听人说，当年爷爷也就七八岁，身子也轻，有时鹰嫌他走得慢，自己突然朝前飞去，鹰绳拴在爷爷腰上，把爷爷拖得在土道上打滚，一阵尘土飞扬，屯人见了哈哈大笑。后来，爷爷赵英禄终于成了一名出色的鹰猎能手。一早上，他常常在各家门前走动，往人家院子里张望。只要见谁家烟囱没冒烟，他就大喊："咋不点火？没米上俺家背去，没柴上俺家抱去。烧火做饭，吃饱了上山拉鹰……"人们常说，爷爷赵英禄的喊叫就是鹰屯的钟点。从前上山拉鹰，都是从下霜（草开堂）开始。所以一到秋冬，鹰屯人心里就绷紧了弦。

父亲赵文周玩鹰更早。

五六岁时，爷爷就瞧准他了。爷爷说，训练孩子抓鹰一定要从早从小，但当时奶奶不同意。奶奶说，孩子那么小，他害怕鹰，可是爷爷有爷爷的道理。他说，就是因为他怕它，才让他接触它，这就消除了怕。

于是，父亲赵文周一小就抓鹰。

父亲抓鹰，从爷爷逼他喂鹰开始。

喂鹰是最吓人的事，特别是让一个孩子去喂。

赵明哲听人说，父亲还小时，爷爷每天驯鹰回来，就从鹰食盆子里抠出一块肉，扔给父亲赵文周，说："小子，喂它。"

开始，父亲一见鹰饥饿的黄眼珠，吓得直哭，爷爷上去就一脚，把父亲踢倒在地。奶奶想去拉，被爷爷喝住。直到父亲自己从地上爬起来，擦干眼泪去喂鹰，爷爷才笑。

父亲手上、胳膊上一道道伤疤，都是小时鹰爪抓蹬留下的。喂鹰时，有时鹰不顾一切地飞到人身上来，那利爪时时抓伤人皮肉和筋骨，但也就是在这种环境里，父亲学到了一手喂鹰手艺。

喂鹰又称"把食"，是指掌握鹰进食的手法。父亲是鹰屯著名的"鹰把食"（鹰把式），这都是爷爷逼出来的。

于是到了赵明哲懂事时，他已是一个鹰迷了。

在鹰屯捕鹰八旗中，鹰户后代从懂事开始，"鹰"这个字眼首先进入了他们的记忆当中。父亲教儿子赵明哲与鹰打交道是从"熬鹰"开始的。熬鹰，就是把捕来的鹰驯成听人话的鹰。这种驯的第一个过程叫"熬"，就是熬掉鹰的野性，使它听从人的指挥，这种"熬"就是让人与鹰做伴，使它不睡觉。

让鹰不睡觉，人当然也不能睡觉，所以熬鹰其实是在熬人。为了使赵明哲能进入熬鹰的复杂程序中来，小时候，父亲就寻找方法使赵明哲早起。早到什么时候呢？往往是半夜刚过，就被唤醒。

开始，赵明哲是受不了的。小孩子都贪觉，半夜正是睡得香的时候。这时候父亲想了一个高招。

那时，鹰屯屯口有一家人家姓阚，是油炸糕铺子。这家为了给出门上山和赶集的人炸油炸糕，往往半夜就开始捅炉点火。只要听到老阚家的风匣"咕嗒咕嗒"一响，爷爷、父亲还有二大爷往往就会喊："明哲起来！"

明哲揉揉眼睛问："干啥呀？"

"买油炸糕去。"

当明哲用筷子穿回一串儿油炸糕时，爷爷和父亲还故意问："油炸糕好吃不？"

赵明哲说："好吃。"

于是父亲说："好吃你就边吃边熬鹰吧！"

于是从小爱吃油炸糕的赵明哲也就早早地当上了"小鹰把式"，开始了他的捕鹰、驯鹰、熬鹰的生涯。

第二章 抓鹰手艺

一、先辈传下来的抓鹰手艺

原始的捕鹰活动使人产生了战胜自然的力量。人类自从接触了凶猛的鹰，心里才有了一种难忘的情怀。

因为，真正面对死亡，面对残酷的环境，他们知道捕鹰和生命的真正意义，他们是用生存的现实去和自然较量，于是，便留下了悲壮的猎鹰历史。

契丹、辽和清，这些走入中原的王朝都曾经得益于对鹰的认识和崇拜，他们在取得了政权之后，仍然把自己看作天上的神的代表，崇鹰就成了一件自然的事。崇鹰的同时是命令更多的人去捕鹰，供他们驾鹰去展示自己的雄伟和勇猛。但是，鹰不是那么容易捕得来的。从前的捕鹰八旗是先从捕鹰雏开始。捕鹰雏要从鹰屯出发，去往遥远的北方，出发前，要先选踩道人。

踩道人，就是即将领着捕鹰队伍出发的人，这个人一般被称为鹰师傅，满语：加根色夫，或加昆达（鹰首领）。

选择谁当踩道人非常的重要。鹰户们是否能寻到鹰，全要靠他的经验和能力。此人必须是祖辈上有过寻鹰、捕鹰经历的人。这个人必须由穆昆达（族长）来定。

穆昆达绞尽脑汁在几个人选中最后敲定一位，然后和他面对面地谈话。

大意是这样：

你有胆子吗？你有信心吗？这次选定了你，你要领族人出发去寒冷的北方。

此次出发，全族人的希望都在你身上，族中男女老少的命运，也都掌握在你的手中。

有时，特别是在从前，朝廷收鹰的人已等在村子部落里，有的已将带领捕鹰的鹰师傅的家人作为人质押管起来，或带到收鹰的兵营，或大牢里去做苦役。如果他捕不回鹰，他的亲人将会送命。而随他去的这一伙人的家人和族人也都将遭难。所以，每每踩道人出发前族长非常沉痛地说："去吧！勇敢地去吧，愿神保佑你获得成功。"

抓鹰，也叫请鹰。队伍头领——踩道师一旦选定，就开始由他选择队伍中的人了。他挑选人员的第一个原则就是对方一定是结过婚的小伙子。

如果猎手已经结过婚，并且已有了孩子，是最为理想的人选，这称为有了后人。如果猎手已结过婚，但妻子没有身孕也不行。如果猎手还没有对象（未婚妻），就要张罗为猎手选女人。

因为鹰师傅知道，这一去，可能永远回不来了。要猎手留下自己的后，要留下族人的根，因为他们是贡鹰族。

鹰师傅会对没媳妇的小伙子说："有影了吗？选选吧，办事吧（指赶快选人结婚）。"

同时也劝村屯里有意的姑娘们，说："他（指参加捕鹰队的年轻人）是个好人，勇敢的人。他是为族人而去的，你可不要失去了机会。"

在一个部落、一个村屯，姑娘们是喜爱那些勇于去参加捕鹰队伍的小伙子的，她们爱的就是这样的人。甚至在某些地方，年轻的小伙子没有机会参加过捕鹰、拉鹰的队伍，他们就永远没人疼爱，就找不上对象。

捕鹰，是一个男人的标志，一个真正的东北汉子。

在从前的日子里，许多捕鹰、贡鹰的部落在秋八月的时候，部落和寨子里经常地响着结婚庆典的鼓乐，那是为即将出发的小鹰达（小伙子）们筹办婚事，然后好使他们安心地奔向远方，去寻鹰捕鹰，完成祖先一辈又一辈生死轮回的苦役。

小鹰达们选好了，该成家的都成家了。这时，捕鹰集体开始集训了。

集训，就是这些人都集合在一起，集体搬迁到离村落不远的一个野外住处，开始由鹰首领（鹰师傅）为他们加能耐（增加本领）。

加能耐的内容极其多而复杂。首先是拜师。

小鹰达们先给师傅磕头，称为拜师。拜师先发誓：师傅，一切听你的。不乱说，不乱动，守规。

然后再给山磕头，感谢大山养育了勇敢的老鹰。

接下来要给海磕头，感谢大海生出高峰，使鹰们能在海中间的山上选巢产仔。

这时，鹰首领开始传授真本事啦。真本事包括这样一些内容：

（一）会唱歌

进山林里去捕鹰，是极其寂寞苦闷的事情。为了表达自己的心情，每一位人员都要会唱歌，这可以把山里凄苦的生活化解开。俗语叫"带个话匣子去"吧。

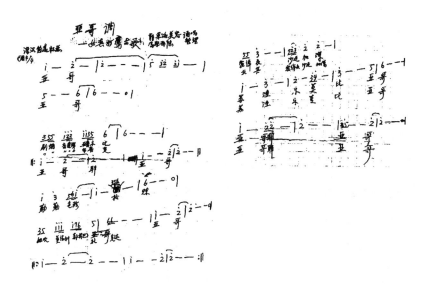

图1　当地土歌

唱的歌都是一些当地的土调，或族人中的民歌。非常好听，一段一段的。有时大家集体唱，如《女真打鹰歌》（古歌），有时一个人唱，告诉首领自己在什么方位上。

（二）会吃东西

进山捕鹰，一定要懂得吃什么，知道什么该吃，什么不该吃；什么能吃，什么不能吃。北方人有一种习俗是要吃"红的"，不能吃"白的"，因为这里的人"尚白"。尚白，就是崇尚白色。白，是他们尊敬的颜色，不能吃，吃下去就没了，这是不吉利的。所以把白色的馍染成黄色或者红色，这才能吃下去。

同时，鹰首领也教大家识别山里的野菜、野草，什么有毒，什么无毒；哪些可吃，哪些不能动。特别是喝水时，要注意选择流动的水，不能喝草窠子里不流动的水。那水有锈毒，喝了会做病。

（三）会穿戴

进山捕鹰，穿青色、绿色的衣服，不能穿白的。

青，在北方为黑色；绿，就是深灰、浅灰等颜色。这是因为女真人和满族人都崇拜白色的缘故，不能动白。其实，这也有科学道理。

在山中捕鹰，白色为亮。人如果穿白、戴白，人一靠近树丛鹰巢，就容易被老鹰发现。而黑色（青色）和绿色（灰色），往往和草、树的叶子颜色融合在一起，变成了大自然的本色，反而不易被动物们发现。

这种对穿戴衣物、帽子颜色的要求，其实是将北方地区民族的崇拜观念和自然生存观念融合在一起的一种生存形态，具有很强的科学性。

（四）要机灵

机灵，主要是指年轻人捕鹰的本领和灵性。

捕鹰的人首先要学会爬山上树和如何操作工具的本领。鹰首领会领着这些人来到一座大山的石砬子前，他先爬攀，然后让年轻的猎手学。这主要是教年轻的猎手上崖时，脚尖要抠住崖缝，让年轻人学习鹰师傅脚后跟蹬什么位置，手指头怎么抠石抓草。

更重要的是如何使用工具，如吊杆怎么打、板斧怎么抛、艾辫怎么点燃。还有就是面对可能遇到的种种意想不到的突发性灾难时，需要随机应变，动脑筋解决问题，这些灾难包括：

1. 火山

捕鹰去的地方，常常是北方火山活动的区域，那儿有寒冷的海和喷发的火山，捕鹰人要学会观察地形地貌。发现山有异常，或风刮来的气味不对，就要及时躲避，以免被火山喷发时流出的炙热岩浆烧伤、烧死。

2. 地震

捕鹰人去的地方，往往是高山崖壁。

那些地方，只要稍稍一有地晃，崖石就轰然倒塌。所以要学会从小石子的松动、石头滚落的声音中去判断可能要发生的地震灾害，应对危险。

3. 山火

在鹰生存的荒凉的草甸和森林之中，自然的山火经常发生。特别是晚上睡在地营中时，如果是风天雨夜，或打雷打闪的时候，森林和草地极容易引起大火，稍不留神，就有可能被活活烧死。而且，一旦遇到山火，不能顺风跑，要顶风上，这样才可以躲过风头带来的灾难。

4. 麻达山

麻达山，就是迷路。这是生存在山林里的人经常遇到的危险。

在山里捕鹰，迷路是经常的事。要学会通过看树的阴阳面来判断方向，要学会在林子里按水流的方向走出老林，要知道在晴天看太阳的光度判断风向，要知道什么时候下雨，要知道夜里通过月亮和星星的亮度来判断第二天的天气，要学会捏捏树叶、摸摸草梢，就知道水离你多远，要学会在黑夜和白天如何行动。

夜，像是族人的"母亲"一样。日头是"父亲"（光明），自然是他们的"亲人",人们怎能不熟悉自己的亲人呢。

5. 海潮

北方的鹰筑巢一般都在大海中间高高凸起的山峰顶上，攀崖捕鹰的人一定要掌握海潮涌来和退走的时辰，及时攀崖、及时撤回。

海潮的规律，是他们作业的重要指示和生命平安的保证。老鹰也注意海潮的变化，判断人可能出现和到来的时辰。

6. 冰雪

北海的气候瞬息万变，冰雪随时来到。

要学会从风的冷度、强度去判断冰雪来临的时辰，以便躲避。而且冰雪的来临也是鹰掌握的规律。

鹰出巢为小鹰觅食，也是掌握气候变化的。而人要捕鹰，就必须通过冰雪来临期去判断大鹰是否在巢中。

7. 风暴

寒冷的北海鹰山，海山风暴随时生成。

巨大的风暴有时把捕鹰人从高高的山崖上刮下，摔入茫茫大海；有时风暴会把人吹干，冰雪活活地把人冻死在崖上，成为一具永远的干尸。

在北海的山崖上，有无数具白骨悬挂在上面，那是若干年前捕鹰之人的遗体，已经风化，留在山崖上了。所以，要学会避开风暴和掌握风暴来临的时辰。

8. 蛇

蛇是捕鹰人的大忌。

蛇咬人、伤人，它们躲在崖上的石缝间，有时捕鹰人下落时，一下子拉住了蛇的身子。而且蛇也特别喜欢吃鹰崽，因此捕鹰人常常和蛇不期而遇。这时，蛇咬人，鹰啄人，鹰、蛇往往联合在一起攻击人。这时的捕鹰人能活下来的概率很小。

9. 猛虫

猛虫，指深山老林中的狼熊虎豹等。它们随时出现，去伤害捕鹰的鹰达。要学会辨别不同野兽的足迹和粪便，知道它们离你多远，要及时避让和逃走。

10. 蚊子

蚊子，是捕鹰人的最大麻烦。

在北方，山蚊是最厉害的伤人的害虫。当捕鹰人攀上了悬崖峭壁，两只手去抓石缝时，蚊子恰好叮落在人的脖子上、脸上。

那些蚊虫，把长长的毒针刺进人的皮肤，有时厚厚的衣服都被刺透，转眼间人身上就挂满一屋"红灯笼"（蚊子吸饱血状），人浑身痒痛得不行，双手一松，就会从崖上落入苍茫大海。

为了避蚊，捕鹰人不得不在背上插上艾辫，或头上套上猪皮头套，但还是无用。只要人一动作，蚊子就有机会叮咬。所以捕鹰人必须要学会对付它们，才能捕到鹰交官差。

（五）当个能工巧匠

在寒冷的北方户外捕鹰，每个人都是能工巧匠。

离开家乡去一个陌生的环境生存，一切需从头开始，人人都要自理，特别是生存。而且重要的是要会生活，其中包括修理捕鹰的工具。

捕鹰的重要工具很多，也很复杂。鹰车、鹰棚、捕鹰的网、大等子、二等子、三等子，还有种种钩杆、吊杆，以及特殊的穿戴、鹰鞋、鹰裤、鹰袄……一切的修修补补、缝缝连连、织织纺纺都需要他们自己动手做。

这一切手艺，在鹰队出发前，都要从鹰师傅那里学会。因为每一个鹰猎村屯的族人从小已在爹娘那儿学得差不多了。

有时，老鹰达要带上自己的儿女，以便帮着干活什么的，特别是一些缝缝补补的活。

（六）带上神圣的智者

每一个鹰队里，都要有萨满，因他是神圣的智者。

其实，鹰首领已是萨满，没有萨满就不能出发。萨满要负责这伙人在外占卜和预测各种意想不到的事情发生。

萨满是鹰队中的灵魂人物。在出发之前，这个人物已经确定，并带领大家进行各种仪式交代说明和操练，告诉大家各种习俗和禁忌。萨满的前往，主要是为了给鹰队的团体进行祭祀和为人员"祛病"事项。在人们的信仰中，萨满是一个有为人消灾祛病能力的人，通过他去和神、自然联系，有了他，人们便觉得有了安全保障。

接着，鹰首领该教人"识鹰"了。

（七）学会识别鸟类

识别鸟类，就是识别鹰的种类。

识鹰是一门繁杂而又深奥的课程，由鹰首领细致地讲解和演示。有时，鹰首领把各族各部落里的鹰样带来，让小伙子们去识别、去认识。

鹰样就是鹰的模型。一个有名的讲究的鹰把式，已把各种鹰雕塑成鹰品——一种鹰的模型，然后一件一件地讲解，让年轻人（小鹰达）去识别和认定。

一般来说，在他们要捕捉的鹰中最珍贵的要属"白玉爪"了。

白玉爪，又叫白鹰，是海东青中的极品，极难捕捉。在胡冬林的《鹰屯》记载中，海东青又有海东青鹘、海青、海青少布、白鹰、玉雕、玉爪雕、白玉爪、青雕等称谓。其中尤以玉爪雕者最为贵重。

这是海东青的一种，称为白海青。"白海青，大仅如鹘，既纵，直上青冥，几不可见，俟天鹅至半空，自下而上，以爪攫其首，相持殒地。"

从前朝廷曾有规定，白玉爪只能由皇帝豢养把玩，皇亲贵族绝不许染指。捕鹰人的目标也是对着白玉爪而去。

第二类珍贵的海东青为白顶。

白顶也是一种罕见的珍贵鹰种。它的突出的特征是头和脖处洁白，尾羽也呈白色，而其他部分是灰黑。

白顶海东青往往孤居独处，强毅孤傲，人不易靠近。这种鹰在库页岛一带的海岛孤崖顶上居住。

花豹子是特征明显的鹰。

花豹子又叫花豹。这是指它的羽上布满了花点，无论是蹲站还是展翅飞翔，它的特征都十分突出。

花豹是海东青中较为普遍的一种，但生活在北海一带的花豹更加珍贵。它们往往集群独处，寻到一窝肯定有三窝五窝在一处。各窝间相距在三五十米左右，花豹对捕捉它的人极具攻击性。

花豹种类繁多。它们凶猛，专抓海豹因而得名。其中有一种叫黑花豹，也是经常出没在北海孤岛一带的苍鹰。当它展翅飞翔至凌空，是在寻视浪花，观察海豹。

海豹在出没前，水的漩涡出现异常。花豹能从数百米的空中观察出海水的异样，然后俯冲下去，等待猎物出水。一旦海豹露出水面或刚刚接近水面，它的厄运即将到来。捕鹰人捕捉这种海东青，主要是为送给朝廷皇族贵人带着出猎观赏。

还有一种被称为海绺子的鹰。

海绺子也是北方常见的一种海鹰，它们靠近海水一带的崖上生存，靠海鱼海物繁殖。海绺子也喜独居，它的窝巢筑在崖顶石缝间，不易捕获。

海东青中较为普遍的是虎子。

虎子，也叫小虎子，有"可爱的小鹰"的意思，是北方人对它的爱称。虎，是说它勇猛而又灵巧，敢于捕前打后。而小，是上乘可爱之意。

在北海的山崖和森林一带，这种小虎子是最多的，也是捕鹰人常常捕得到的一种鹰类。小虎子不但能食海水中的鱼类，也对森林和草甸上的动物感兴趣。它们有时也把窝巢筑在海边一带的树上，是捕鹰人直接注意的目标。

小虎子是从性格起的名，其实它的普遍称谓叫黄鹰。黄，一是指它的毛羽初看上去略呈微黄、斑黄；二是当这种鹰升腾起来时，阳光和天光一照，它的颜色呈现出黄浅光泽，所以又叫泼黄。

一般的海东青，往往都是从颜色和性情上为它们起名。鹰种多年不起太大的变化，捕捉海东青的鹰首领可以将老辈子的识鹰经验真实可靠地传下来，让后来的一代一代地放心去使用。

（八）送鹰人

在鹰屯，当捕鹰八旗的首领教小伙子们识鹰和集训等一切活动结束后，鹰队就该到出发的日子了。

出发捕鹰，这是鹰队的人与家里亲人的一种生离死别。他们要到遥远的地方去抓鹰、和鹰斗，要经过无数的高山、大河，说不定会遇上什么意想不到的灾难，很可能这是与亲人的最后诀别。

这天，到了出发的正日子。

一大早，族里一位德高望重的大哥早早站在村口，手执一面大鼓"咚咚"地敲打起来，嘴里不停地喊着："送——鹰——人——啰——！"

人们默默地来到鹰屯村口。

出发的木车套好了。

鹰车棚子也架好了。

亲人们送到路口了。

这时，走的人不能落泪，送的人不能哭出声。老人们看着孩子远行，妻子望着丈夫出发，他们再也忍不住辛酸的泪水，热泪从亲人的极度担心惦记的脸上流下来。

男人们要走了。满族的人说，男儿是鹰，十虎顶一男，三男为一鹰。北方的民族，多次的崛起才攻下了中原，是族人通过鹰猎（捕鹰）对男儿勇气的培养。祖先让族人吃苦，就是从捕鹰活动开始，捕鹰行为培养了族人视死如归的品格。

许多捕鹰人回来时，是由别人带回自己的骨匣子（人已遇难，火化后把尸骨捧回）。但是他们仍然坚持年年去，他们已把生死置之度外。

这时，屯长（或族长穆昆达）手持一把尖刀，向一只公鸡的脖子上割去，鲜红的血淌进酒碗里。他又端起血酒对小伙子们说："来，喝一口上路酒。"

大家轮流喝着。这时族长在一旁说道：

喝了它你们走向远方，

心里有了胆量什么也不怕。

族人的心情都在里边，

你们一定会平安归来。

喝完血酒，开始赠礼物。礼物有两样，一是狗；二是给鹰带去的吃食。

赠的狗是族长经过千挑万选，从部落中找出的最聪明、最机灵的狗。主要是会记道儿，也就是能找到家。无论走过千山万水，它都能把捕鹰人捎回家的信儿带回，同时又能领着家里的人找到捕鹰人住的或遇难的地方。甚至连尸体摔在哪块石砬子下，它们都记得清清楚楚。

狗，一般都选些黄狗。

满族人认为黄色发白发亮，黄狗又显忠厚，族人又有"鹰狗无价"这句话。他们认为好的狗像鹰一样的珍贵。带上黄狗是为了救助和保护捕鹰人。这时，族长牵着要赠予捕鹰人的狗，说：

黄啊，黄，

你跟鹰首领去吧。

别人睡觉你醒着，

别人走道儿你记着，

千万清清醒醒的，

一切事刻在你脑子里……

这时鹰首领走上去，从族长手中接过牵狗的套绳。然后开始第二个仪式，给捕鹰手每人带一份鹰礼物。

满族人热忱，讲究礼尚往来。他们认为自己去捕鹰，也应该给鹰们带去点儿什么。带什么呢？当然应该带去鹰最愿意吃的东西。

族长按出发的捕鹰人的人数，每人准备了一包礼品，什么鹅肝、鸡心、鲜肉，已煮熟包好。族长说："接礼！"

每发一份，族长便说：

拿着吧，拿着吧，这是俺的心意，

吃上它你会想着俺们。

你会顺顺当当地，

你会老老实实地，

跟着"主人"回家……

族长说到这里，周围送行的人早已是泪流满面。因为他们心里知道，今天所走的人很难如数而归，他们其中有的人尸骨一定是被别人捧回。

这些仪式进行完了，捕鹰人开始装车。

装车就是装各种工具，什么鹰蒙子（一种古老的脸罩，可以抵抗鹰的叨啄）；什么厚厚的大等子、二等子、三等子；什么鹰网和各种棕绳、吊杆子，满满地装上一车。

这时，鹰首领高喊：

走呀——开拔呀——

木篷鹰车"吱吱扭扭"地起动了。

狗儿"汪汪"地叫着，同家人和鹰屯人告别着。

族长这时也跳上了鹰车。

他要跟一段，他要送一程。但这一段一程其实是上百里，甚至几百里，然后他才一个人回来。这表示族人和捕鹰人情意深远的意思。

木篷鹰车吱吱扭扭地响着，终于拐上了村落旁的土道，慢慢地消失在山野的远方。

从前捕鹰，就是去北海、去远方。北海就是黑龙江以北的库页岛一带。那里天高地远，寒冷无比，最适合海东青和各种鹰类生存。

大轮木车跟着白云走啊走、晃啊晃。拉车的牛马或狗累得喘着粗气，人也累得喘着粗气。晓行夜宿，一直往北，往往走上个把月，终于靠近了北海的林甸。鹰首领立刻指令选点搭建营盘（地营子）住了下来。

他们出发时还是秋天，可是到那里时已是大雪纷飞的严冬，天气寒冷无比。

住下之后，还要选地点搭建鹰神庙。每座鹰神庙里供的都是真正的鹰的身上最锋利的部分——鹰爪。

这鹰爪，是鹰首领从家乡带来的老死或冻死的鹰的爪，他一直保存好，并且在家乡和部落的鹰庙里已经祭祀过。如今，他要完好无损地将鹰爪带来，摆放在地营子旁新搭起的鹰庙里。

鹰首领带领所有的小伙子齐刷刷地给鹰庙跪下，用鹰爪祭鹰神。

鹰首领说道：

来了，我们带着你的利爪来了，

抓谁都可以，

就抓不了我们。

你可以看看，

你的利爪在我们手中。

祭鹰庙很隆重，捕鹰的人是处在祭它和惧怕它的一种矛盾心理当中。祭是"怕"。但祭完了，人们认为它才能扶助人，不怕它了。只有不怕它了，人才敢去抓它。

这是在突出鹰爪功能的一种文化。东北许多鹰的图画造型和符号中，都把鹰爪表现得十分突出。

这是人自己给予自己力量的一种方式和对从事捕鹰行为的一种鼓励。接着，每人掏出出发时族长给鹰带的礼物——地献上。

这时捕鹰人要虔诚地叨念：

吃吧，吃吧鹰，

这是俺给你的鲜货；

这是活的血食，

你愿意吃……

营盘地的鹰祭活动非常严肃。要杀牲献血，因为鹰爱喝动物的血。这种仪式往往要进行七天，整个的捕鹰活动这才正式地开始。

二、钢腿铁脚

在我国的北方，冬季非常酷寒。这儿的大雪从每年的八月开始飘落，直到第二年的五月还没有停下。

一进入冬季，冻干的雪沫把天空搅得朦朦胧胧，白天也像黄昏一样暗淡，酷寒无比。撒尿要手握一根小棍不断敲打尿冰，不然尿冰会把人支个倒仰。

在鹰屯，人们都知道赵明哲的爷爷赵英禄是个最抗冻的人，他能在野外严寒的鹰窝棚里一待就是三天。他的祖先曾经亲自带领捕鹰队的小伙子去过北海，并亲自把经过讲给自己的子孙听。

这里应该交代的是，每一位踩道的鹰首领出发时带出来的人往往都是自己的亲人。富育光先生在《七彩神火》（吉林大学出版社 1984 年版）中讲述了这样一个故事：

古时生活在黑龙江两岸的女真人，每个鹰首领都是个老鹰达。有个老鹰达，他的大儿子和二儿子已被辽人扣在辽营，他只好领着女儿库勒坤和三儿子出发踩道去了。

他们来到一处叫费雅哈达（遥远的海边的一座孤峰）的地方。只见这座孤峰远远望去像一棵钻进云雾里的老粗老粗的桦树，山上冰雪，年年化了冻、冻了化，像白亮亮的铠甲。天上，阳光闪着冰光发出七彩光芒，照得地呀、山林呀、冰雪呀、人畜呀，红亮亮的像披着霞袍。老鹰达（鹰首领）就领着孩子在这儿刨冰搭建地营子住了下来。

第二天，他让女儿库勒坤守家，他带着三儿子和黄狗，脚踏雪板，奔费雅哈达踩道练脚去了。

在没腰深的雪上，父子俩滑过一个山头又一个山头，一路上，不断地遇到一堆堆人的尸骨。每遇上这些早年去捕鹰或探路的人的尸骨，爷俩就跪下祭奠酒肉、磕头、上香，然后将尸骨用冰雪埋好继续赶路。

这个踩道的老人领着儿子一连搜寻了三十多个山峰，在野外熬过了四十多个风雪的夜晚，但还是没有发现鹰巢。

这一带，夜里常有北极光。就是到了半夜，天总是明亮的，雪原雪山能望得清清楚楚，父子俩决心第二天攀登最后一座山峰。

天刚亮，他们开始爬主峰。攀到半山腰，山上坚冰像镜子，上不去啦。突然，他们听到"吱呦——吱呦——"的叫声，那是群鹰争食的声音，老鹰达父子可乐坏啦！天雕的窝巢终于找到了！

可是光听到鹰叫，还没见到鹰影，还得往上爬呀。可是，那时父亲已累得四肢无力，再也爬不上去啦，于是儿子不得不在深雪里将老鹰达一步一步背回窝棚。

回去以后的第二天，儿子对爹说："阿玛，你老腿脚不济，让我去吧，我一定能爬上山顶。"

父亲心急如焚地躺在炕上，说："傻孩子，费雅哈达九坎十八磴，你黄嘴丫子小翅膀，说傻话呀！"

库勒坤心疼阿玛年老体衰，帮哥哥苦求说："阿玛病卧在炕，我又不能去，那么，就让哥哥带黄狗去吧。永不出圈的马驹子，啥时候能行千里路呀？"

老人拗不过兄妹俩的苦求，于是拿出祖传的爬山用的救命锁链，鹰爪钩和鬃丝网，让儿子穿好雪板，说："儿呀，要格外小心。"

"记住了。"

"听到山上有淌水声，那是雪崩；如果脚下有流水声，那是暗涧；如果头上望见翻江黑云，要小心冰雹……"父亲对儿子有嘱咐不完的经验和体会。

老人给儿子亲手挎好箭囊、小刀、快斧，背好饽饽袋，摸摸爱子的头，恋恋不舍地让儿子出发了。

走到门口，老人抱起黄狗亲了亲它潮湿的嘴，蹲俯在它的耳边亲切地说：

"黄呵，黄，好好领道儿，遇事早回来。"

黄狗舔着主人满嘴白胡须，摇晃着卷毛长尾，蹿进雪雾追赶主人去了。

儿子一走三天三夜，老鹰达和女儿每天摆好碗筷等着亲人，可是亲人不见踪影。

外面风雪呼啸，天阴蒙蒙、灰沉沉。

暴雪狂风宿夜呜呜怪叫，狼熊虎豹时时嗷嗷怒吼，鱼油灯儿熬干三碗啦，仍不见亲人归来。

父亲再也躺不下了。

他坐起来，点上达子香，祀求天神阿布卡恩都力保佑儿子吧。

突然，一阵阵动物的哀鸣传来，门一下被撞开，是黄狗叼着老三的猞猁皮帽跑了进来。老鹰达和女儿吓昏了，狗叼回主人衣帽这是主人身亡的噩耗。

父女俩哭作一团。

这时，女儿抓起衣服披上说："阿玛不要伤心，我去！"

老阿玛哪能舍得他唯一的女儿啊？于是挣扎着下了炕说："不。你要好好看家，我去！"

老鹰达迅速收拾好行囊，登上雪板，说："黄呵，黄，快带路，找儿子去。"

老人箭也似的滑向费雅哈达大山，他在山坡雪地上终于见到了冻死的小儿子僵硬的尸体。老人痛哭着，亲手把儿子埋在山脚的松树下。

悲痛使他决心不亲自踩出一条鹰道，再也不回转。他于是捡起鹰网、快斧，奔山上拼命爬去。费雅哈达又高又陡，冷雪刺骨。

寒风猛烈地撕扯着他的皮袄褂，憋得喘不过气来。老人凭着他七十多年寻鹰经验，绕过了一道道冰墙暗涧，躲过了一回回冰塌雪崩，他用鹰爪钩卡住冰崖，一层一层地朝上攀爬，一直爬到七坎十六磴，眼看望到白茫茫的山顶，石碴子上的松林里落满一堆堆鸟兽毛骨和鹰粪，山壁上露出一排排天雕洞。鹰群的叫闹声，听得很真切了。

老人乐了。老泪却从他被风抽裂的眼角淌了下来。多少年了，祖祖辈辈来费雅哈达寻找鹰的窝巢，现在终于见亮了。

但是，捕鹰先踩道，踩道者要修路，留给后人就可直接攀上山顶。

修这种"鹰路"，人能攀爬，鹰又不易发现。不然鹰就迁移了。人修好了路，又有什么用呢？

于是，他不顾带来的饽饽吃没了，掏出斧锤凿石壁。老人的一腔热血全用在斧锤上。他凿呀、锤呀，不知忙了多少天，不知累了多少夜。黄狗扯着老人皮袄叫，老人还是不知，只是拼命去凿去锤，终于，他凿出了一条通往山顶的登天梯。

老人干着干着，突然觉得口渴腹空。他慢慢回过身来，冲着寒冷空旷的大地喊了一声："儿呀——"

老人的悲声飘至四方。

山腰悬壁上冰霜彻骨，老人最后冻死在崖上了。

风，把他的尸骨吹干又冻透，像一副石画贴在高高崖壁上，又像一面古老的"鹰旗",飘荡在北方茫茫的古峰山崖,招引着人一代代奔向一去不归的天涯之路。

爷爷每当给赵明哲他们讲起这个故事时,都是一把一把的老泪呀。

到爷爷赵英禄捕鹰的时代,鹰屯一带的捕鹰八旗已不去北海捕鹰雏养大驯好送交朝廷,而变成捕大鹰驯好狩猎,主要在鹰屯周边的鹰山一带进行。这时,捕鹰人要在寒冷的窝棚里度过一个又一个日子。赵英禄的皮肤多次被冻裂,可老鹰达学会了雪疗法。

雪疗,是指人坐在窝棚里时,手要抓雪不停地在可能冻伤的皮肤上揉搓,稍一停,人就冻伤。搓时,手移动的速度和搓的方向很关键,要按照人身上的血管和脉络的走向移动,不容易搓破皮肤而又产生温流。

爷爷每次从山上回来,都是抓雪把冻黑的肉皮子搓红才能上炕。当他坐在炕上时,就望着窗外,讲起从前祖先告别鹰屯去北方捕鹰的故事。

爷爷说:"明哲呀,你看见了吗,天边悬崖上飘荡的是什么?"

明哲说:"爷爷,是'旗'。"

爷爷说:"对,是尸旗。那是我们鹰屯人祖先的尸体呀!他们为了大清死去了,这才有我满族今天的荣耀。"

在很小的时候,明哲就记得,爷爷一讲起先人捕鹰的事,脸上就升起无限的庄严,他的故事让人震撼,特别是先人那累死冻死的尸体悬挂在悬崖上像一面面旗子,永远在他的眼前飘荡。

三、冻不烂的耳朵

北方的冬季,是冰天雪地,日夜逞强。

老风老雪吹刮着家家糊在外的窗纸上,发出"咚咚"的响声,伴随着鹰屯人一代代进入梦乡。

从很小的时候赵明哲就看着父亲经常用一块厚布或牛皮裹住头顶，唯独让耳朵露在外面。耳朵本来是人身上的神经末梢，这样不更容易冻坏吗？

可是父亲说，让耳朵抗抗冻。

父亲为什么让耳朵抗冻呢？

那时候的孩子还不太知道，那时乌拉一带献往朝廷的贡品要求得越来越多、越来越细，其中最重要的是一种白玉袍、白玉帽的雁羽服饰。

历史上，清中叶以来，几任皇帝东巡来此，他们发现鹰屯人去北海捕鹰雏役务苦不堪言，于是下令免除此徭役改为就地捕飞来的大雁，以雁取代鹰。

雁，不但其肉美，雁的肝是皇帝餐桌上的极品，而且雁羽服饰历来是朝廷达官显贵们追求的理想服饰。

雁羽服，是一种珍贵的雁绒衣，完全由雁鸟的柔软的绒毛而织成，又称白玉袍。这种珍贵的贡物，往往是打牲丁们从捕获的天鹅胸脯上拔下的一根根羽毛做成，白而柔软，长短一致，颜色一样。

这种送给娘娘们的白玉袍要选准季节的天鹅才行。这一般是立秋之后，入冬以前，天鹅绒最丰满时才能抓鹅并往下薅绒，而且必须是活的天鹅。

薅时不仅要费劲，而且手劲儿一使大了，鹅羽毛就容易拆坏，只有在天鹅活着时，用不大不小的劲儿，才能拔下羽毛并保持原样。

接着，还要把天鹅的羽毛一根根刷洗干净，摊晒晾干。

编织时要用苘麻拧的小细线一根一根地把天鹅的绒羽都揉在细线上。

线要非常的细，还要揉匀了。毛必须都露出一样高。然后，将编好的羽绒绳，经纬分明地编串在一起，里边用内布和胶固定上，再放上里子。领口缝有三圈珍珠（产于东北松花江里的东珠），袖口也缝三圈珍珠。珍珠有的发蓝光，有的发黄光，交相辉映，十分耀眼夺目。

和这种白玉袍配套的还有一顶白玉帽。

白玉帽，也是由天鹅绒制作的，上面镶有一千颗各色的珍珠。这种帽子给人一种轻柔、圣洁、高贵之感，也是北方民族表示对自己的祖先和有功之臣的一种尊敬和爱戴。但更重要的是这是一种贡务，每年必须要贡送这种衣袍、帽子。

怎么能捕活鹅雁？就必须以鸟攻鸟。而制服天鹅和大雁的唯一办法就是使用海东青——东北的猛鹰，去天上抓捕大雁。

海东青双翅下各生一个"肉蛋"。此蛋坚硬如铁，可以将比它大许多倍的大雁、鸿雁、天鹅、老鸟甫等巨大鸟类从高高的天上击昏击落。鹰是猎雁能手。

据说从前，当努尔哈赤建立了后金，在他的老城赫图阿拉还设立了驯鹰场。其中有一只叫"小花翅"的海东青，专门抓捕香獐子，这只鹰，便是努尔哈赤驯出来的。

香獐子并不值钱，但它的卵巢囊里有一种香精，是中药中一种叫麝香的开窍、通络药。香獐子不大，但跑得快，可是只要被努尔哈赤饲养的小花翅看见了，它马上就从天上"嗖"的一下冲下来，没等香獐子钻进林子里，小花翅的两个爪子"咔嚓"一下，就抓进香獐子的脑袋里。香獐子疼得直往树林里钻。小花翅非常聪明，它把身子附在香獐子的背上，然后，把头往旁边躲，这样就碰不到前面的树枝。等香獐子疼得厉害、拉头的时候，小花翅嘴尖眼快，嗖嗖两下，就把香獐子的两只眼睛给啄瞎了。然后，它自己飞出树林，飞到高树上，叫唤主人。

只要听到它呼唤，猎人要赶快追进林子。这时猎人就会看见香獐子在林子里瞎转转，猎人上去一刀就割下了它的香獐。

猎雁的时候猎人要把握好放鹰时机，这就首先需要知道雁所在的位置。春天，雁从南方飞到松花江边的鹰屯湿地一带建巢生蛋，这时猎人会驾鹰去溜雁。他习惯于带鹰藏觅在江边的柳条草通里，一旦发现有雁宿在草丛里，就要赶仗。

赶仗，就是弄出声响哄赶雁，或者往雁宿卧的地方抛去一把泥土。当被惊的雁一起飞时，猎手迅速撒出手中的鹰，顷刻间鹰便在空中追上了雁。

深秋，天气凉了，这时守雁人要带着鹰蹲在山岗窝棚里。狩猎人的特殊本领是把耳朵贴在窝棚的泥壁上，听南飞的大雁飞时翅膀扇动空气的声音，然后及时放飞手中的鹰。

这种溜雁的本领，父亲赵文周最拿手。他腿脚利落和耳朵灵通。

赵文周的一对耳朵，就是在严寒的季节露在外面冻出来的。父亲说，人的耳朵就是要和自然走在一起。一个鹰把头的耳朵如果分辨不出动物叫声是公是母，那他就不是一个合格的猎手。

四、身怀绝技

北方，秋风一起遍地枯黄，几场秋霜后，严冬就降临了。

大雪年复一年地落下，把荒野覆盖。雪一落下，就到了鹰屯猎手忙碌的季节。他们要驾鹰出猎。在鹰屯，鹰王后代赵明哲最拿手的绝活儿就是狩猎时的摆床子。

有一年冬天，赵明哲到七家子出猎。七家子位于鹰屯以北23里地的地方。冬季头一场雪一落下，鹰屯一带山野变得寒风刺骨。赵明哲驾鹰出行。一整天，风把他的脸扫得又黑又紫，肉皮子紧紧被冻硬贴在骨骼上，身子像一面紧蒙的东北皮鼓。

下晌，日头打一个滚儿，眼瞅着落入西面茫茫的荒雪尽头。日头流出血红的颜色，土风刮起灰白的霜沫，四野一片朦朦胧胧时，一道新的野鸡踪迹突然出现在赵明哲眼前的丛林雪地上。

赵明哲盯着雪地上野鸡踪迹，目光也使鹰兴奋起来。这也是动物的本能，一见猎物痕迹立刻精神振奋。鹰一兴奋，它头顶和颏下的毛抱得噔噔紧，双眼凝视着远方，头不断地向两边转动。这使赵明哲心里也有了底。他大步地寻踪追去，果然不出五十米远的一片林草头下，突地钻出一只花脖子公野鸡。这是北方山林里的野鸡，大而肥，足有八斤！

猎物一出现，鹰已急得参开了头上的顶毛。

赵明哲迅速打开鹰绊。只一瞬间，鹰和野鸡几乎同时滚到一片黑乎乎的冬林荒草丛中。

赵明哲赶紧盯物奔上去追赶，又见鹰和野鸡卷成一股黑风忽地"刮"向远处的村落。

冬季北方山野的厚雪下往往是枯叶和土坑，踩上去不容易站稳。等赵明哲踉踉跄跄进了村这才发现野鸡不见了，他抬头一看，他的泼黄鹰却落在村头一家草垛旁的大树上。

见他发愣，一个村人走上来。

问他："你的鹰？"

他说："嗯哪（当地土语：是）。"

村人："抓人家鸡啦？"

他说："没有，是追野鸡。"

村人笑了，说："早已让人捡走了。"

赵明哲明白了。这准是野鸡钻了人家的草垛，人家又捡野鸡又抓鹰。可是又不懂"拿"鹰的手法，于是一下子抓伤了鹰的膀子（这叫掰伤鹰翅）。这使鹰受到惊吓，于是蹲在树上不肯下来。

他望望树上的鹰，树上的鹰也望着他。

于是，赵明哲决定摆床子。

摆床子，是猎人的一句行话，又叫出床子。是指鹰一旦受到惊吓，便独自待在树上，猎人必须用自带的肉摆在地上，这是吸引它下来的一种方式。

当下，赵明哲就把自己的布褡子摘了下来。赵明哲每次出猎都背着自己的背褡子，里面什么都有，当然也准备了摆床子的肉块。现在，他在黄昏前的雪原村口大树下，拿出了两块牛肉，在雪地上摆上牛肉，嘴里发出"嘛嘛"的叫声，不断地摆弄着。

可是，鹰无动于衷。

这是因为村人在抢野鸡时伤了鹰的翅膀，它伤得重，不愿动。再有，就是伤了鹰的心，所以它不肯下来与猎人为伴。

天渐渐黑下来，四野寒冷无比。天黑无法摆床子，于是他就在这家的草垛上抱了两捆草，自己躺在上面陪伴着鹰过夜。

出猎惊伤的鹰，人无法亲自上前去抓它，它见人一来，弄不好它自己会一头撞死在树上。想要收回被弄伤了心灵的鹰，必须让它自己下来才行。

　　就这样，赵明哲一直在树下守了三天三夜，每天他都拿出从爷爷和父亲手中学来的摆床子绝招，他用牛耳尖刀将牛肉切成铜钱大小的碎块，摆在地上，并用冻硬的手不断上下抛着鲜肉，这种抛肉法叫摆花抛肉法，鹰在高处有时看不清主人抛的是什么。猎人要不停地抛起接住，并保持空中总有碎肉在闪动。嘴里不停地发出"嗦嗦"的声音。

　　这是猎人心疼鹰的一种呼唤，第四天头上，泼黄终于从树上飞下来，扑进了猎人的怀抱。

第四章
手巧不如家什妙

一切生命，当它绝望的时候它都会创造出一个奇迹去保持和延续它的生命，这是生命的本能，也是生命的奇迹。要想捕到天上的苍鹰并且驯好它，猎人必须依靠神奇的技艺。

一、怪名老工具

在鹰屯捕鹰有两个时期，第一个时期是鹰屯的先辈们捕鹰时期，那是到遥远的北方捕鹰雏，回来养大驯好，送往朝廷的贡鹰；第二个时期是赵明哲的爷爷和父亲的捕鹰时期，这大约属于近代，是由人上山拉鹰，回来后驯好，然后狩猎，再把鹰捉到的猎物贡往朝廷。不论哪一个时期，都是需要用神奇的工具和精湛的技艺驯养鹰。

捕鹰雏又叫捕贡鹰，当踩道人探好了鹰的窝巢，这时捕鹰队伍开始带着工具出发了。他们使用的必备的工具首先是鹰网，根据鹰网的大小，又分别叫作大等子、二等子、三等子。

（一）大等子

大等子，就是一张巨大的鹰网。这种网，可根据出发捕鹰的人数的多少来制定它的尺寸，因为它要起到苫盖地营子和鹰车的作用。有时长8~10米，宽4~5米，有时甚至更长，但厚度要够。

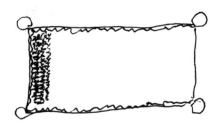

图2　大等子（富育光绘制）

大等子的编织材料主要是树皮。树皮多选用林中的上等树——黄菠萝，剥下树皮后上锅煮熬，然后将树皮撕成条条。

这种树纤维长，树质经过热水和汽的煮蒸，使纤维软而成绺，捕鹰人便用它来编等子。大等子使用的黄菠萝的树皮绳很粗，编在鹰网上，鹰根本啄不透，保护了地营子和鹰车。

在从前的野外捕鹰住地，远远望去，一处处用大等子罩住的鹰窝棚矗立在那里，气派宏大，也是大自然中独特的景观。

除了黄菠萝树的树皮外，还使用一种叫"树毛"的东西来制作。这是指槐树、榆树、老柳树的内树皮，刮出之后，也是上锅蒸。那是一种20~30厘米厚的树脂，结构比较的松散，蒸后放在太阳底下去晒。

晒上一两个时辰，一些皮渣晒掉了（不能晒太长的时间，晒过长时间，丝就断了）。这时，要把这些晒后的树皮脂抱到窑里去阴干。

十多天之后，取出捶打。捶时，用一种砸鱼皮用的小木棰，砸到树皮像头发丝一样细了，绺好后再编成绳。

这种绳叫棕绳。要粗有粗，要细有细。但这种棕绳怕水，要注意别湿了，然后开始打绳了。用这种绳来纺织大等子、二等子、三等子（小等子）。

（二）二等子

二等子，顾名思义，是指仅次于大等子的一种捕鹰工具。这也是为防止大鹰来夺回小鹰用的工具。

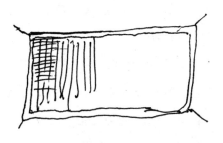

图3　二等子（富育光绘制）

在山林里，一旦大鹰发现小鹰被捉，并已经罩在了鹰网里时，公鹰、母鹰会立刻飞来，不让人将小鹰带往地营子或鹰车上。这时，人们就会立刻将二等子罩在"三等子"（也叫小等子）上，以便顺利冲出鹰群。

二等子棕毛的厚度仅次于大等子。

编二等子的用料也是黄菠萝树皮的纤维，只不过选那些稍细一些、软一些的里皮来编。这种二等子罩住小鹰后，大鹰能从外面看到小崽儿，但既啄不死，也抓不住小崽儿。这主要是捕鹰人为了保护鹰崽儿而发明的工具。

因为大鹰心狠，当它明白了人们要把小鹰崽儿带走的意图时，大鹰宁可将小崽啄死也不让人带走。这时它拼命地啄人啄小崽儿，人一边和鹰斗，一边等待天黑下来，然后带鹰崽儿逃走。

天黑下来时，鹰眼不行了，只能叫唤。这时，捕鹰人趁夜里鹰眼不灵时，赶紧把小鹰崽儿带走，这样的搏斗往往持续一两天才能结束。

二等子的大小是根据人能携带行走的程度来定，通常是长4米，宽2米左右，这样的二等子便于携带和使用。

（三）三等子

三等子，又叫小等子，具有小巧灵便的特点。三等子的主要作用是用它来罩鹰窝，以便更好地捕鹰。

人攀到砬子顶或树顶的鹰巢前时，要悄悄而迅速地把三等子突然地罩在鹰的巢上，这是为了防止老鹰来袭击。不然，老鹰一旦听到小鹰叫唤，或它感觉到窝巢出了事情，它会迅速飞回，先把小崽儿叼走，或把小崽儿啄死，把人啄死、啄瞎。而三等子就是起到不让老鹰达到这个目的。

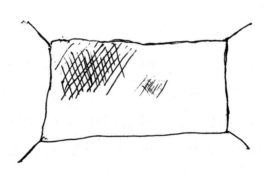

图4 三等子（富育光绘制）

人一旦接触到了鹰的窝巢，先把小等子罩在上面，然后赶快爬进网底，用"鹰兜子"将小鹰装上，然后披上三等子赶快逃走（下山或下树），奔回营地（地营子）。如果有鹰追来，要赶紧将二等子套在三等子上，因为二等子比三等子厚，不怕鹰叼鹰啄。但上山上树时，要带二等子太大又太沉，不便上上下下，逃走时也不灵活，所以必须有三等子这种工具。

三等子是用黄菠萝树质的最细纤的皮部来编织，丝细若渔网，但又比渔网略粗些，而比二等子又细些、轻些、柔软些。

三等子往往是 2 米大小，好抛好带，灵活抛收，随时展开。有时爬山爬树带上两块三等子也不觉得劳累，这便是它的用途和好处。

（四）鹰车

鹰车就是拉鹰、载鹰的车。这是满族和女真族早期去北方时使用的特有工具。

图5　鹰车（富育光绘制）

这种车就是从前东北的大车样，有木框、木轮和辕，可使牛或马来驾车。但车棚要使一种硬木来固定，以免长途行走颠散架子了。但最重要的一点是在车棚子外，一定要罩上大等子，这完全是为了保护里面的鹰。

因为鹰崽儿离开老鹰的时候，会不停地啼叫，这是动物的一种本能，给大鹰报信。小崽儿"叽叽喳喳"的声音虽小，但在大鹰听来，那是凄苦的呼唤，于是大鹰就来追赶鹰车，并围着鹰车转。它们先啄鹰车，企图救崽儿。但因鹰车上已覆盖上了大等子，所以啄不透。于是，它们就啄马。有时，它们把牛或马身上啄得冒血，或啄瞎了马的眼睛救出小鹰。

大鹰还会招呼众鹰来帮忙救崽儿。如果一只大鹰的崽儿被捕鹰人抓到或带走，大鹰发现后，就不停地"咔咔"叫唤，这种声音就是一种信号，是通知众鹰，有人来到了我们的领地，偷走了我们的鹰崽儿，我们要追击。于是，众鹰集中飞来，天上黑压压一片，它们把鹰车啄烂，啄死人和牲口，很是残酷。

（五）地营子

地营子，就是捕鹰人住的窝棚。

捕鹰人上了山林，首先必须要搭建地营子。因为捕鹰不是一天两天的事，有时要七八天，甚至一两个月，要在野外长期地住着。而且鹰仿佛知道这些人是来捉它们的，于是天天和人斗，所以人是轻易不敢走出地营子的。

鹰往往落在地营子的棚上等着，随时准备啄瞎人的眼睛，啄烂人的皮肉。由于鹰奋不顾身天天来"闹"，捕鹰人就不得不在地营子上面盖上罩。这种罩也是大等子，以防鹰来啄来叨。

地营子处的窝棚也有一些是伪假的。那往往是建在平地显眼之处，鹰开始见了，也来啄，以此来分散它们的精力。这样做的主要作用是为了保住真的地营子窝棚。

（六）狗车

狗车，就是由人赶牵着、用狗拖拉捕捉来的鹰的一种车子。

图6 地营子（富育光绘制）

狗车往往是用桦树皮来制作车的棚，因为桦树的皮既轻便又结实，而且在北方，这是一种最常见的树种，人可以随时取来使用。桦树皮车棚下是木车架，木框木轮，棚子牢牢地固定在上面，以便长途跋涉。

图7 狗车（富育光绘制）

这种车子，往往是五条狗拖拉。北方的狗擅长走冰路雪道。它们抗寒，蹄爪能抓雪抠冰，拉鹰时走又快又灵活。而且平时，狗和去拉鹰捕雕的人也是一个伴，能保卫人的安全，所以拉鹰捕雕的人最喜欢使用狗车。

（七）鹿叉吊杆

就像登山队员要有冰镐一样，外出捕鹰的人一定要有吊杆。

吊杆有多种，通常是一根一米或一米二三的木棍，一头上有弯钩或横木枝杈，使它能随时钩挂住实物（崖缝或枝杈），以便使人不能悬空或掉下去。

常见的吊杆，干脆就把现成的鹿角绑上去，这就是鹿叉吊杆。鹿的角往往长成很硬很均匀的枝杈，把整个"叉"拿来，固定在木杆上，就形成了一副上好的鹿叉吊杆了。同时，这也是一种上好的武器，捕鹰人可以随时用它击鹰打蛇，保护捕鹰人外出作业时的安全。

图8　鹿叉吊杆（富育光绘制）

（八）双叉吊杆

双叉吊杆，是两侧都有叉的吊杆，在北方捕鹰人中经常被使用。

图9 双叉吊杆（富育光绘制）

和鹿角的吊杆一样，树木或铁器也可制成双叉吊杆。

双叉吊杆的意图更加的明显，它可以双面使用，两面均可吊挂，作用更大。但是，双面吊杆的材料的选择不太容易。

双面，往往就得寻找动物如鹿的角，倒悬起来绑上，固定好才能用。有时也选用木叉，就是把树的枝丫，割下，用火烤干，经风吹硬实后，固定在木杆上，成为双叉吊杆。

（九）木叉吊杆

木叉吊杆也是捕鹰人常用的一种吊杆。

东北树木繁多，有许多时候树枝和枝干的连接处形成了一种固定的角度，捕鹰人往往将这种枝条割下，去掉枝叶，割砍成钩的样子，留出一米左右的足够的把手，然后风干，做成吊杆。

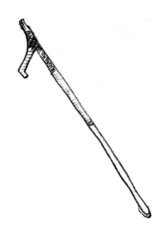

图10 木叉吊杆（富育光绘制）

这种吊杆最好选多年形成的枝条姿态的树杈，这样它就不变形、不走样，可以按照人的意愿和捕鹰人在山上作业时的需要的形状来选取，方便又实用。

木质吊杆，除起到上山爬崖、上树下树的辅助作用外，还可以防身，用来击打野兽或毒蛇。

（十）鹰爪钩

鹰爪钩是攀崖爬壁时用的一种铁钩，因酷似鹰爪而得名。

鹰爪钩是由三个弯钩组合在一起，收口处带一铜环，上系棕绳。捕鹰的人在攀崖时如果遇到上无抓手、下无立脚之地，可抛出鹰爪钩，使其爪搭住岩石，人可稍做歇息。

另外，人在悬崖上爬动，危险时时发生。一旦人一脚踩空，向下跌落，捕鹰人可掏出鹰爪钩，抛向崖上的石尖或突出的树干，只要有一只钩搭在石或树上面，便可以免去伤亡。

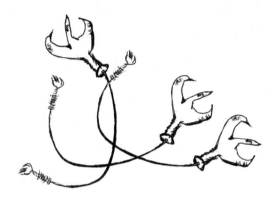

图11　鹰爪钩

二、捕鹰人独特的服饰

远古捕鹰人独特的服饰就是今天的人们看来也会立刻感受到这是一些珍贵的文化遗产和文化珍宝。在进行中国民间文化杰出传承人调查、认定、命名工作之中，我访问了东北著名的民族学、民俗学、民族民间文化学专家富育光先生，他对关于古时女真人捕鹰的诸多文化特别是关于捕鹰人的服饰和穿戴方面作了详细的介绍。根据他的回忆，并参见了《瑷珲十里长江俗记》和《钱氏萨沟鹰祭备乘》，画下了诸多珍贵的捕鹰记忆中的饰物，其中包括捕鹰人用的袄、帽子、鞋、手套等。

（一）奇特的皮袄

鹰袄，顾名思义，就是捕鹰人必穿的一种袄。它本来同东北民族生活中穿的皮袄差不多，但有两点不同。

第一点是鹰袄上必须有插艾蒿的艾袋。

艾袋就是铜钱粗细的布套，在左右肩上呈上下走向各缝制两处，称为艾袋，可插四束艾辫。

艾辫又叫艾蒿辫或艾绳，这是由东北的一种植物——艾蒿来制成的。

东北的艾蒿是山林和平原一带常见的一种植物，又分香蒿、水蒿、把蒿等，而编艾辫的蒿只有香蒿和把蒿。

香蒿是一种生长在林中或草地上的青蒿，有极强的气味；把蒿是有一种小花蕙，也有极强的气味，可以用来驱蚊虫。

夏秋时节，捕鹰人家早早地把香蒿和把蒿割下，在室内或小仓房里将它阴干，然后将它编成绳，就是艾辫。

当捕鹰人上山捕鹰时就将编好的艾辫插在鹰袄上的布套里，每件鹰袄插四个艾辫。在捕鹰人爬崖去捕鹰寻鹰时，就点燃这些艾辫，使艾辫飘出艾烟，以熏跑蚊子，这样捕鹰人就能专心地作业。

鹰袄的第二个不同是袄上带排扣。排扣往往钉在鹰袄的前大襟上，是为了保护袄前的一张护皮。

护皮就是选一块长短与袄的尺寸差不多的皮子，里面也安上扣套，上山或爬树捕鹰时，把这块皮子贴扣在鹰袄的前大襟上，以起到护心的作用。

这块皮子又厚又软，一般情况下，鹰难以啄透。因为人在山崖或树上，身体完全暴露于光天化日之下，老鹰知道你去偷袭鹰巢，要带走它们的骨肉，于是它和人类拼死搏斗。这时，人为了能活命并能安全地带回鹰雏，就必须保护好自己。而这种保护，首先要保护自己的要害部位，人身上最重要的要害部位便是人的心脏。所以这种安在鹰袄上的护皮，就起到了保护心脏的作用。

人与鹰周旋，是同残酷的大自然搏斗。今天我们看到的记载，很重

图12　鹰袄（富育光绘制）

图13　鹰袄前身（富育光绘制）

要的一点是体现在鹰把式的鹰袄上，而鹰把式的鹰袄是与其他人不一样的。

　　鹰把式是带领他的子孙或族人一起出发去捕鹰的头儿，一切命令和规矩都要由他去执行，因此他要有威信，要解决一切困难。所以鹰把式的鹰袄非常独特，他的袄除了和一般的普通捕鹰人的袄同样有护肩和艾辫套外，还要具备更为丰富的功能，被人称为万能的鹰袄。

　　首先，鹰把式的鹰袄的左右肩上要有钩环。

钩环就是悬挂两根铁钩的环子，往往是皮套挂着铜环，便于一根铁钩子挂在上面。这样可以使他在爬山和观望时，随时拉起，挂住周边的岩石或树上的树枝，起到减少体力消耗的作用。这样可以使疲劳的人得到一定的恢复，同时也可以腾出手去指挥别人。

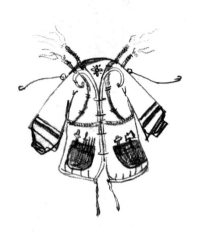

图14　万能的鹰袄（富育光绘制）

鹰服的背后，各插两把弯钩。这两把钢钩，可随时取下，用来击打大鹰，或可随时用它钩挂岩石、树枝，以便攀爬和上下。

再者，鹰袄的后大襟上缝有两个兜，被称为工具兜袋。

这种兜袋敞着口，里面插着钢钎、细刀、开山斧、小板斧、泥钳、尖钻等工具。这完全是为了遇到登不上去的悬崖时用来抠脚窝，或在攀不上去的悬崖上挖出一些抠手。这些工具，用途广泛。又被人称为万能袋。

万能袋给人一种勇气和信心。甚至可以说一个老鹰把头的万能袋里能装着人的信心和力量。常常有这样的事情发生，当一伙人攀在上无顶下无底的悬崖上时，突然发现缺少了什么工具而无法攀登时，老鹰达往往往会大声地喊道："孩子们，你们难道忘了天无绝人之路，我这儿还有万能袋呢，你们需要什么？快说话吧！"

于是，大伙就把需要的工具的名称一一说出。奇怪的是，老鹰达总能从自己的鹰袄里拿出人们想用的工具来。

此外，鹰把式的鹰袄都是紧边紧袖，收口处有边绳，可随时捆扎边和袖，起到蛇和蚊虫钻不进去的作用。

（二）神奇的皮裤

从前，在古老的东北长白山区，捕鹰人要有特制服装，鹰裤就是其中的一种。鹰裤就是捕鹰人穿戴的一种特殊的裤子。这种裤子乍看上去，它与一般东北民族上山采集山珍野果时的穿戴并没有太大的区别，但只要细一看，就会发现它的不同之处。

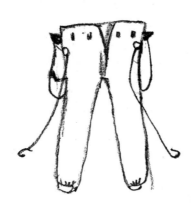

图 15　鹰裤（富育光绘制）

首先，捕鹰人的裤子完全是用皮张做成。鹰裤通常选用牛皮、驴皮、鹿皮或者狍子皮，经过熟制裁剪而成，这种裤子又厚又软，抗扎抗磨。鹰裤的裤角必须是带松紧的，是一种"收"形，这主要是为了防止蛇或蚊虫钻进去。在山崖上爬行或在树干上攀登，经常会有蛇顺人的裤腿爬进来咬伤人，所以必须把裤角收紧。

这种裤子的两腰胯之处各有一个挂环，上面拴一个长约一尺半或二尺以上的挂钩。这是为了攀崖和上树时，可以搭挂在石头或树枝上用，以便减轻人使用的体力。人上山上树很累，而且体力在一点点地消耗。所以，裤子上的这种挂钩可以起到一些辅助的作用。

这种鹰裤与一般裤子另一点不同的是，它的左右腰胯处各有一个突出的小兜，这是干什么用的呢？

说起来有趣，这左右兜，被称为鹰兜。人一旦捉到了鹰，就得赶紧逃离鹰巢。

人逃离时，要用双手去爬崖攀登，而捕到的鹰就不能总是攥在手里，怎么办？于是聪明的鹰把式想了这么个绝招，在裤子的两侧各缝制了一个兜袋，把小鹰放在里边。这样既可以携带小鹰下山，又可以腾出双手爬山和使用大、小等子去和来追赶的老鹰、大鹰搏斗。所以鹰兜安在鹰裤上是一种绝妙的创造。

这种鹰裤腰部和脚脖处都带抽带，可以随时拉紧这些要害处，猎人上山上树，下山下树灵活方便，又可轻松携带捕来的小鹰。是一种奇特而实用的服饰。

（三）奇特的帽子

北方民族在同鹰打交道的久远岁月中，一种珍贵的物件出现了，那就是鹰帽。

鹰帽是指上山上树去鹰窝掏鹰崽儿取鹰雏时所戴的帽子。这种帽子由一个人头形似的帽壳来做主形，外带鹰铃，鸟毛羽翘，帽穗和装鹰的小兜几个部分来组成。这种鹰帽，捕鹰人戴时，要紧紧扣在头上，脖下系上带，使其牢靠。

当人靠近鹰巢时，轻轻晃头，上面的鹰铃便会发出"丁零零丁零零"的流水般的响声。这声音使小鹰不惊慌，同时不能发觉是人在靠近它们。

帽子上的鸟羽，随风飘动，也会给小鹰一种错觉。它们以为是同类的动静或动物的羽毛。同时，一旦大鹰飞来袭击捕鹰者时，人头轻轻一动，那上面的羽毛便随风而舞动，也使大鹰无法找准下口方位。

帽子上的头穗，正好在额上，这个部位所掩护的恰恰是猎人的眼睛。

人外出作业最重要的是眼睛。当发现了鹰巢，人开始捕捉时，由于帽子上的缨穗正好遮住人的眼睛，使小鹰看不出人的眼神。而人透过缨穗缝隙，却可以完完全全、清清晰晰地看清对方。

这种缨穗恰恰起到了保护捉鹰人而又不被鹰看透自己意图的作用。鹰帽的另一重要作用，就是鹰帽下方左右两边各挂着的一个小兜的用途。

我们知道，当捕鹰人捕到了鹰，他的重要目的是赶快逃走，把小鹰带回地营。可是要逃出鹰窝范围，必须防止老鹰大鹰的追击和叼啄，因此双手是不能拿着战利品（鹰崽儿）的，怎么办，小鹰放哪儿？

多年的捕鹰实践，满族的先民终于想出了一个绝妙的办法，那就是将小鹰藏在鹰帽的两侧。这样不但小鹰安全，人也可以腾出两只手去攀岩爬树，对付恶鹰的追击了。

这是一个绝妙的创造。把捉来的小鹰藏觅在鹰帽的两侧，使小鹰紧紧挨着捕鹰人的下巴处。人脸上的这一带神经非常的敏感，小鹰一叫人便得知，因这儿离人的耳边近，甚至小鹰喘气和心跳的频率人也感受得

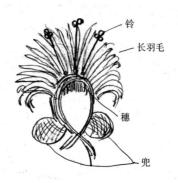

铃
长羽毛
穗
兜

图16　鹰帽（富育光绘制）

十分清楚，可以充分掌握鹰的活动情况。

这种鹰帽戴在头上，捕鹰人显得很威武，远远看去，就像古战场上的将军武士，风吹动鹰铃哗哗作响，鸟羽飘动，像天边的白云被大自然的山风吹刮着，从远方飘来，又向远方飘去。

（四）木底大鞋

远古东北捕鹰人穿的鞋子是特制的。

昔日猎手捕鹰必去爬崖登山，他们的鞋子必须很讲究。那是一种什么样的鞋子呢？原来他们穿的多为白板筒木屐，称为攀岩靴或登岩靴。

这种鞋靴，往往是一种皮筒鞋与木屐连体的古老的鞋子，也有用麻丝小绳拴绑连体的。总之是该硬处则硬，该软处则软的一种古老的鞋式。

这种鞋，不分左右脚。做时，先刻木屐。

木屐，是一种硬木模子。

先刻出人脚大小的"套"，也就是鞋的四框。这种框，用抗磨又坚硬的硬木刻成，不怕尖石或硬冰的磨损，不容易走样，并使得人脚在里边可以充分地活动。

图17　鹰鞋（富育光绘制）

图18　木屐（富育光绘制）

接下来，就要考虑往这种木屐的鞋底上安"牙"了。

这"牙"，又叫石牙，是一块块、一片片装安上去的。

木屐底上有一种槽，可以装这种"牙"。这种"牙"，可选用坚硬，质地好的野牛、熊、牛、野猪、驼等动物的骨头，磨成尖状，也可用岩石或砾石为料来打制，但一定要把大头固定在木屐底上。把尖朝外，形成一排排尖尖的利齿。

带牙的利屐外壳做好后，就开始筹备鹰鞋的布筒。那种布筒往往高达过膝。

木屐的靴筒可以用厚皮子或棉布层层压紧，并固定在屐座上。固定

图19 石牙（富育光绘制）

时，屐壳上有布带。布袜或皮筒套进去时，用厚带子在几个关键部位打结系紧。如脚脖处、腿肚子一带，因这些地方都是要用力吃劲的地方。

平时出发，可以带着这种木屐壳，穿着大布袜子，也可以穿靰鞡。等到了山崖下，再换上鹰靴。必须要穿它，不然上崖爬岩根本行不通。

（五）吓人的手套

捕鹰必须戴专门的手套，在久远的捕鹰历程中，女真人发明了一种独特的手套专用来捕鹰。

我们今天的人，难道不应该惊叹远古岁月之前人类的智慧发明和生存创造吗？这种远古时期女真人使用的捕鹰手套的制作和构想简直叫人惊讶不已。

这种捕鹰手套是用灰鼠皮、花鼠皮来制作的。因北方的灰鼠子、花鼠子皮质地特别柔软，手伸到里边很服帖，便于灵活伸缩。

手套为反毛皮。熟好后，将毛朝外，以便防寒和防滑，同时由于有动物毛发，又很防磨，防止植物和岩石扎手。寒冷地带的植物枝干上往往生有许多天然硬刺，所以人就设计出自我保护的一种工具。

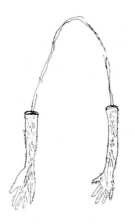

图 20　奇特的手套洞（富育光绘制）

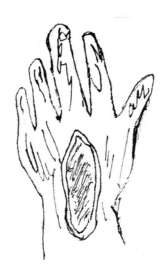

图 21　鹰手套（富育光绘制）

　　而且，这种手套的特点是很长，它的套筒可抵达人的下肩部，起到对整个胳膊的保护作用。两个手套之间有布带相连，挎于腰部或搭在肩膀处，使其不脱落丢失。因人捕鹰始终在高处攀爬，很容易刮丢或碰掉了身上的东西，所以必须牢靠。还有一个最大的特点，就是这种手套的手心处，有一个长方形的圆洞，这是为什么呢？

说起来也是一个神奇的故事。

这种手套的手心处这个"洞"有两个作用：

一是人在攀崖时往往遇到十分难攀的石崖，手隔着手套就使不上劲，这时五指就从这种手套的"洞"中伸出去，抓住石崖，或取拾物件，方便灵活。

二是这个洞可以释放人手上的热气。因为山野悬崖上的小鹰雏，十分害怕人手上的热度。它一旦挨上人肉，就上火生病。为了怕人手抓鹰雏使它上火，聪明的女真人就发明了这种手套，使人手上的热气不断从这个洞释放出去，等抓它时，小鹰雏会感到一丝丝凉意，它也就不生病了。

一切为了鹰着想，多么奇特的服饰，充满了神奇的魅力和想象力。

三、不是见鹰就捕

从前的捕鹰人不是见鹰就捕，人们都知道赵明哲的爷爷赵英禄各种捕鹰工具做得好、做得地道，而且知道他捕鹰有选鹰的习惯。选什么样的鹰捕呢？那就是选脾气古怪的小鹰。

爷爷所说的古怪，是指小鹰很有性格。

鹰是一种奇特的动物。它的奇特在于它的顽强，它是造物主的恩赐，是飞在云端的"狼"。因此在久远的岁月之中不断地被人类敬爱和崇拜，以至于人类希望自己有鹰的精神和能力。

每一只鹰一次孵出两个小崽儿。从出生那一刻时，小鹰就要牢牢记住它们的生存规律：那就是保住自己的生命。为了保住自己的生命，大鹰出去觅食时，小鹰安静地在巢中等待，不到万不得已，它们不叫一声。

它们筑巢的地方，常常有毒蛇窝。有时大鹰一走，蛇便来攻击小鹰。勇敢的小鹰不发出任何声音，这是一种生存的本能。小鹰们仿佛知道，妈妈出去觅食不易，不能唤妈妈半途而回。同时，它们如果一发出声音，就容易引来蛇或捕捉它们的人。

有许多时候，大鹰在外出觅食途中死去，巢中的小鹰不知道，还在窝中静静而默默地等待妈妈的归来，直到冻死、饿死。而这样顽强的小鹰，却正是猎人们要捕捉获得的对象。

有时捕鹰人已靠近了小鹰，小鹰睁着一对亮眸看着人，却不出声。但是，当人一动手，小鹰便叫起来。于是大鹰闪电般飞来，把小鹰救走，甚至宁可把孩子啄死也不让人得到，然后它一头撞死在山崖上。

如果发现了鹰巢，就在你刚要捉小鹰时，大鹰飞回来了，人只能用箭和吊杆去与鹰斗。

但人和大鹰斗十分危险。一是它们的巢多半建在崖顶险处，那里没有人的站脚之地。人在与大鹰斗时稍不留神，便会摔得粉身碎骨。

二是大鹰一旦发现你捉它们的孩子，它们便和你决一死战，结果往往是两败俱伤。有许多时候，人被鹰啄死，尸体挂在崖上、树上，成为永久的干尸白骨。

所以，捕鹰人一定要掌握大鹰出去觅食的时机下手去捕捉小崽儿，才是比较安全的。

大鹰仿佛也知道人会在什么时候出现。它在出发前，往往会"清理环境"——扫除巢周围的危险隐患。比如有没有毒蛇猛兽藏匿在巢的周边，看看巢的周围有没有人存在的迹象，如果存在这种隐患的话，一旦老鹰出去，它的孩子会受到威胁。

这时，人就得躲避起来。人如果发现了鹰巢的位置，不能马上就去捕捉。先要观察大鹰的活动规律，它什么时候出巢觅食，大约多长时间归来。而且，人要设法靠近鹰巢位置。

因为人不会飞，不可能在大鹰一出去觅食就爬上山崖去捕小鹰，这段时间大鹰肯定会发现你。

为了获得小鹰，人要提前隐藏在靠近鹰巢的草皮底下或石崖石缝洞里等待时机。为了捕鹰，人有时躲在石缝里几天或几个昼夜，忍受着饥寒风霜，甚至还要与毒蛇同眠。毒蛇很凶狠，常常发威，要了捕鹰人的命，或吸干人身上的血液，让人变成一具碎骨。捕鹰人的死或是失踪，将永远不为人所知，连尸骨都寻觅不到。

到了秋冬，当捕鹰队回来时，人们捧着摔死的人的骨灰匣子，有时只捧着一只空的骨匣里，只有失踪的人的名字，还有时只捧回来一个牌位。

有时，为了带回捕鹰人的真身骨肉，上山爬崖捕鹰的人出门之前就剪下一段头发，对鹰首领说：

师傅，俺去了。

可能这一去，就永无回头日。

你把我的辫子装在匣里，

如果俺不回来，

也可给家人留下一个念想。

……

"风萧萧兮易水寒，壮士一去兮不复还。"他们的经历似乎有着荆轲刺秦王的悲壮、凄凉。这就是北方满族捕鹰八旗的悲怆命运啊。

但是鹰首领对这种做法十分赞赏，因为捕鹰生活就是需要这种视死如归的精神，怕死当不了鹰达。

自然界中的生灵，为了生存，它们也是在苦斗。大鹰出去觅食也是煞费苦心的。

它需要在最短的时间内飞回，以便不使孩子们丢掉性命。因此许多时间里，捕鹰人只好藏在石缝或山洞中等待时机，他们很怕大鹰飞回和自己拼命。

大鹰一旦捕到食物，它先向自己的巢窝方向凝望，那是母性对幼小孩子的寻视。小鹰也在望着母亲，那是生命对生命的期待。

一旦大鹰发现情况异常，它会迅速抛掉食物，立刻展翅冲回窝巢，与人展开生死搏斗。

那是一场可怕的厮杀。有很多时候，人会被大鹰啄得遍体鳞伤，奄奄一息而无法回到营盘。所以，人不能不学会在夜间捕鹰。

鹰在夜里，眼睛不行了。你看它仿佛睁着眼，其实看不见啥。只有在夜色的掩护下，捕鹰人才好行动。因为在夜里，看不见鹰，只能听见鹰的叫唤。人们可以先弄出一点儿动静，鹰一叫，人就能从叫声中分出巢的远近、高矮和鹰的大小、雌雄，于是动手擒之，得手之后赶紧带着小鹰下山逃走。

为了得到一只像样的鹰雏，爷爷说他曾经长期不离开一座山、一棵树，等待，等待，直到把他心爱的小鹰抱在手。爷爷说，等待和耐心是鹰把式的基本条件，而且还要在黑夜里练眼、练胆，敢于与恐怖的黑夜为友、为伴才行。

四、捕鹰不光用手

猎手有了各种应手的工具、服饰，不是就可以"请"（捕）到鹰了吗？可是赵明哲的父亲赵文周却告诉儿子："这不行，而且还远远不行。要想真正具备一个鹰把式的资格，必须用'心'去请鹰。"

用"心"捕鹰，父亲说，首先是和自己用心眼，而不是和鹰。

父亲掌握了一项用"心"捕鹰的办法，那就是要学会建鹰庙。

在北方，长白山山林和松花江沿岸及大小兴安岭的女真人和满人居住的地方，到处可见一种庙宇，那就是鹰庙。

鹰庙，又称鹰神之庙。

鹰庙可大可小，通常是用三块条石搭建而成。石条大小不等，但每一座鹰庙的三条石必须要相应，往往是两条立石，上面架盖石盖。庙底是巨石或碎石铺垫，里面放上供鹰神的供位，有插香的香炉和放供的位置。

鹰庙是族人通过想象自己祖上崇拜的鹰样子来摆放鹰的牌位、画像或有关的鹰的符号。刻在鹰庙中的鹰往往是人常见的样子，或正面，或侧面，但都特别的威严和冷峻。这表明了人对动物的理解。

给鹰修建庙，是人对曾经给自己带来福祉的动物的一种感谢。有了鹰，人们被解除了沉重的赋税，救出了押在大牢中的亲人。鹰又能为人狩猎，把许多动物按在爪下，等待人来收取。父亲告诉赵明哲，咱们要真心、虔诚，其实这种表现形式是人类图腾观念的发展和深化。

其中，许多有关鹰的图案和符号，都夸大了鹰的利爪。萨满占卜时使用鹰爪不断地舞动，这表明了鹰爪的一种能力：落地能把其他的动物按在地上，起飞能抓死对方。

这些既表明人对鹰的特征的描写，又表明人的一种恐惧心理。因为人知道，鹰非常狠，它和狼一样，吃红肉，拉白屎——转眼无恩。地上的狼，天上的鹰，最不认人。人虽养它，但它一走，再遇人照样伤人。

出于这些原因，人们通常在"请"下的鹰爪，占卜之后，埋于鹰庙下。

鹰庙的存在，调整了捕鹰人的心理和情绪，也给老人向年轻人传授捕鹰的经验，讲述各种感受，教导各种捕鹰方法，传授各种心得提供了神圣的场所。

所以，族里的老一辈让后代们相信，他们虔诚地恪守着人与自然、动物之间的一种承诺：不伤害自然和动物。如鹰在部落里死去，族长要"请"下鹰爪，祭祀占卜后，要把鹰爪和它的尸体火化后，带向它出生的地方。

那儿，是鹰从前生活的地方，是远山，是荒野，是寒冷的山林，是它的家乡。在那儿，在人们曾经捕到它的地方，重新建一座鹰庙，将它的利爪和尸骨埋藏在庙下，也等于埋藏下了一段记忆。

而留在部落里的鹰庙，只挂代表鹰的画像和符号的图片。

这是人对自然的一种承诺，也是人对动物的一种承诺。

因为鹰如果活着，它被捕捉后的第二年春上，猎人该放飞它回"家"（回归自然去生儿育女）。而如今它死了，人们也要达到它的愿望，让它的灵魂回归故里。这说明人对得起它了，于是要求它也对得起人。这是父亲的心理攻势。

这里值得说明的是，当人再去捕鹰时，还要把鹰的遗骸再挖出来带走，这叫生哪送哪，死哪见哪。这种行为表现了人与自然的高度信任与依赖，表现了北方民族崇高的责任与品质。

一座像样的鹰庙，就是一座鹰文化博物馆，虽然供的是鹰，刻写的是鹰的符号，但记载的却是人的历程，记录下的是人鹰与共的不平凡的神奇岁月，这是人的心灵写照。

赵明哲的父亲说，只有认真地搭起了鹰庙，供起了鹰爪，于是自己的心里就有了力量，还有什么样的鹰不敢去对付呢？

五、与捕鹰人一起捕鹰

在鹰屯，见到赵明哲的老年人会发出一声感叹："真是和他爷爷、父亲一个模子刻出来的。"人们除了说他和先辈们模样酷似外，更多的是觉得他在行为和精神上传递了一个鹰猎时代，一个完整的人鹰与共的传奇故事。

从前，一代代捕鹰人是攀爬到高高的石崖上，把鹰巢中的小鹰带回，然后一点点饲养大，送贡朝廷。随着努尔哈赤统一了女真，这使得后来满族先民把捕鹰、驯鹰的习俗一代代传承下来。从顺治年间清入主中原把北方作为物资供应基地，鹰猎渐成主要贡务。直到朝廷废除了捕贡鹰的残酷徭役，于是鹰屯一带便开始了大规模的山野拉鹰活动。赵明哲所从事的虽然是和祖先一样与鹰打交道的贡务，不同的是，他不是去山崖捕小鹰，而是和爷爷、父亲时交叉使用的猎鹰方式，那就是山野拉鹰。

山野拉鹰，赵明哲从爷爷和父亲那里学来这样一些古老而神奇的技艺。

（一）选鹰场

鹰场就是鹰喜欢落脚的地方，往往是大鹰为自己和小鹰寻食的地方。

选鹰场，就是寻找这种地方。

鹰是一种有神奇记忆的动物，它的上一代喜欢去一个地方觅食和落脚，它的后代也往往喜欢来这个地方。

从前，在辽金时代，海东青从遥远的鄂霍次克海和日本海以东飞到松花江上源——吉林的乌拉鹰屯一带打食，那时，这里是莽莽的原始森林，江水在这一带形成宽阔的江湾水滩，四周又有高山和岗峦。可是仅仅在几百年间，特别是清末打牲乌拉的无度开发和后来日俄战争及外国侵略者的入侵，使这一带的江水、森林、草甸、湿地受到了无情破坏，以致到后来打牲乌拉衙门连打条鳇鱼也成了困难的事。可是鹰们却有记忆，它们每年秋天还是飞到乌拉街和鹰屯一带的山岗和林带草甸来，选择它们能落脚的地方。因此，选择和寻找鹰能落脚的地方这是捕鹰人的第一个本领。

鹰场的选择，往往反映出捕鹰人的智慧和经验。

鹰场的位置，往往是山岗的山顶或者半山腰处的平坦地带。

站在鹰场处，要能看到远方的山、江水、平原或者是草甸。而且，鹰场处一定要有一处突起的山包或树头，留着给鹰停落和观望，如姑娘坟鹰场。

传说宣统二年（1910 年），松花江上游一场大水，冲来一个大姑娘就埋在了这个山上，从此便得了这个名字。这儿距鹰屯 12 里，山上的许多地方都是出名的鹰场。

这个鹰场的特点和老鹰把头赵明哲分析的一样，山的半山腰较为平坦开阔，而且在离这块平坦的开阔地二三十米远处正有一片凸起的树头，是鹰喜欢停留的最佳之地。这样的地方是建鹰场的首选。

选好鹰场子，就开始搭鹰窝棚了。

（二）搭鹰窝棚

鹰窝棚，就是捕鹰人躲在里边，等待鹰来好拉网的地方。

鹰窝棚的选场其实是在寻找鹰场时就要考虑和计划的了。鹰窝棚要选在离鹰场子五六米远的地方，比鹰场子稍微洼一点点的地势上。这主要是从窝棚里往上望，让捕鹰人能清晰地观察到鹰的诱饵——扑鸽的形状和动作。

如鹰屯东北角鹰山上的这处地窝棚，就能坐在里边清晰地观察到诱饵扑鸽站在外面的鹰场子上。

同时，鹰窝棚的位置还要能居高临下，使捕鹰人能观察到远方的山和平原，就是要有足够的空间能观察鹰飞行的路线。这种窝棚就好比一处观察哨，能眼观六路，耳听八方。

如姑娘坟这处窝棚，人坐在里面，可以让人清晰地遥望见远处的另一处山头。山头下，是远来的江水。松花江水闪着白色的银泽，从远方流淌过来，在草甸上，又折出一股小流，弯弯曲曲淌向山角。这样的地方，鹰喜欢飞来，也可以让人充分地展开视野去远望。只要有云影一过，猎人就要能瞄上。瞄上，就是用目光跟踪。

下面，我们来看看鹰窝棚是怎样修建的。

鹰窝棚的修建主要分地下和地上两部分。在鹰场旁，选用利镐向下挖出一个两尺左右深的土坑，然后在上面覆盖松枝、树叶和甸草，就可以了。它从外表看去，像一堆矮矮的树丛。

山里的鹰窝棚往往能蹲两个人以上，大一些的可以待三到五人。里边要留一个门，人进去后，随手将草门关上，使这种伪装和山林里的山坡天衣无缝。

要注意的是，里边要留出足够的活动空间，能观察外面的动静。如姑娘坟鹰场窝棚和鹰山、鹰场窝棚，人在里面向外观看十分的清亮开阔。

接下来，就开始下网了。

（三）下网

下网就是把捕鹰的网支在山里的鹰场子上。这往往是在草开堂后的每天的早上，带上捕鹰的工具，网、鹰拐子、鹰紧子、扑鸽等，去山上的鹰场。

一定要把工具带全。

（四）展开网片

到了山上，捕鹰人先展开网片，然后在鹰场子上寻找事先钉好的网杆橛子。

鹰网由两个下网杆和一片网组成。两根杆有 1.5 米左右长，网片长 2.5～3 米。网是由丝绳纺织而成，每个网眼约一个拳头大小就足够了。

网杆橛子共四根，一边两根，这样便于拴杆系杆，以固定网片，展开网片。

（五）插卡巴拉棍

把两根网杆插在地上，用网杆绳拴好，然后就开始展网。

展网片时，网杆的后边要插上两根"卡巴拉棍"。所说的卡巴拉棍，是指歪插在网杆后边的两根棍，小棍顶端有个"丫"，以便网杆能撑在上面。

这样放的目的是使鹰进入网展开的范围时，捕鹰人一拉动网绳（又叫前手绳），网便会迅速翻扣下来。

（六）下鹰拐子

鹰拐子是指拴绑鹰的诱饵——扑鸽的工具。这种拐子外形酷似人走路时拄着的一根拐杖，所以叫拐子。下时一头固定在展开的鹰网中间，上边有一个套，用来拴扑鸽。

下鹰拐子时，一定要注意几个重要的细节。

首先要做好地拐子沟。地拐子沟就是鹰拐子卧进去的一种土沟坑，要小巧而且和拐子头大小一致。

地拐子坑挖好后，就要填埋顶拐子绳。

顶拐子绳是拉动拐子的绳。但这个绳要从一个拱起的"顶拐子"（一种弯曲的木棍）上过去，以免在拉动时碰石碰土，使绳不灵敏，影响人对扑鸽的控制。

这种地拐子下好后，要有两根绳一上一下地从拐子上分别引出，而绑在拐子上的两根绳位置不一样。底绳往下，是"吃力"绳，可以拉动并带起扑鸽；前绳往上，只要轻轻一动，便可灵活地将拐子拉起。这绳走顶拐子上，以带动扑鸽。

当拐子拴好后，开始绑扑鸽了。

（七）绑扑鸽

扑鸽是鹰的诱饵，这是鹰最喜欢吃的食物，也有用野鸡的。但由于现在野鸡已是国家的保护动物，而且成本也高，所以一般的捕鹰人都使用鸽子来做诱饵。

鹰喜欢吃活的血性动物，鸽子就是它的天然美食。而捕诱鹰的鸽子要牢牢地系在鹰拐子上，以便哄动它来引鹰。

开始，要先把鸽子从鹰紧子（装鹰或鸽子的小布袋）里放出来。鹰紧子前后各有一道绳。出发时将鸽子装在里边，然后前后一系，它就跳不出来了。

当下好拐子后放鸽子时，它是不愿出来，仿佛它知道是为了去引诱鹰。一旦主人没有及时拉绳扣网，它就有可能让鹰撕个粉身碎骨。

把鸽子从鹰紧子里放出来后，将鸽子扎绑在拐子上。然后用镰刀挖出一个小坑，放上一块小石头，给鸽子登站。再在这小石头旁边放上一些苞米（玉米）粒，这一切便准备好了。

（八）引双绳

当网杆已插好，网片已展开，鹰拐子也拴绑完毕，扑鸽子也拴好后，就开始往窝棚里引双绳了。

双绳，是指网拐子绳和拉网绳。

这两根绳，各有不同的作用：

网拐子绳是指人在窝棚里时不时地要拉一拉，这样可以逗引得扑鸽在草地上下飞动，以引逗鹰扑它。

网绳就是人在窝棚里，一旦发现鹰从天上下来飞扑鸽子时，人用手一拉，网会顺着劲儿从上面翻扣下来，鹰便会在抓住鸽子的一瞬间，一下子被网罩在里面了。

（九）蹲窝棚

捕鹰的最讲本事的部分就属蹲窝棚了。

蹲窝棚就是当捕鹰人在山上把一切都做得天衣无缝时，钻进窝棚里，双手紧紧地拉着两根绳，眼睛一动不动地盯着外面草地上的诱饵扑鸽，通过对它的动作的观察，去判断鹰进入网围的程度。

蹲窝棚是寂寞和艰苦的事。人蹲在窝棚里，双手一手拉一根绳，不能走神，不能犯困。就这样，有时坐上几个小时，有时坐上几天，却往往什么收获也没有。

捕鹰人蹲鹰窝棚，还要时时忍受蚊虫的叮咬和毒蛇的袭击，甚至是其他野兽的侵扰，常常会发生意想不到的事情。

捕鹰的日子虽然是在秋天，但北方秋季的晌午有时也很炎热，而在山上的鹰坑里猎人就更加闷热无比。那些山蚊子嗡嗡飞着，不停地叮在人的手上、脸上和脖子上。有时，捕鹰人被蚊子叮咬处都会流脓，可是他们依然要一动不动地盯着外面的草地，不能走神儿。

鹰屯的鹰把头赵明哲在山窝棚里时，我近距离为他拍了一张相。他那时已在山窝棚里待了三天。身上让山蚊子和山蚂蚁咬得出脓水，可他依然是聚精会神地盯着外面的鹰场子。他盼望那天上高飞的鹰，能落在他的草地上。

我曾经问他："大概捕了多少只鹰呢？"

他说："有三四百只了。"

我又问他："加上父亲和爷爷呢？"

他说："总有几千只以上了吧。"

我知道，这是中国北方著名的鹰把头，一个有着女真血统的掌握了数代捕鹰本事的人。

（十）拉网

人躲在窝棚里的时候心思是虔诚的，只盼着鹰能下场子扑向鸽子。而捕鹰人的眼神要一动不动地盯着远处鹰场子，盯着草地上鸽子的动静。

老鹰把头根本不用观察鹰，他只是观察鸽子就行，他从鸽子的动作上去判断鹰离鹰窝棚的远近。

当草地上的鸽子一旦发现了鹰影，鸽子便会变得一动不动，眼珠跟着天上的鹰转。这时捕鹰人就知道，鸽子发现了目标。一旦鹰从天上奔鸽子冲来，鸽子的脖子就会变细，这说明鹰已经到达了网范围之内，捕鹰人要立即拉网，就在鹰即将抓到鸽子的一瞬间，它已被猎人拉动的网扣住。早一点儿，晚一点儿，都不行。

还有，拉网人要会听动静，也就是声音。

鹰在天上飞翔时，轻飘灵巧，没有一点儿声息，但是，当它发现了目标（草地上的鸽子）要扑捉时，往往缩身击扑。因此，猎人往往通过鹰扑下来的"声音"来判断它的到来。

通常情况下，如果鹰发现了鸽子，它会先落在离目标不远的树上，测量好扑冲时的距离和速度，然后冲过去。

这时，它飞冲时由于翅膀扇动，猎人在窝棚里可以听到"忽忽"的声音，这表示还没有入网。可是，一旦风声突然停止了，猎人要在心里数上两个数（大约一秒半或两秒之间），就要立刻拉动扣网绳。

这是因为，当鹰俯冲下来抓活物时，为了保持速度和准确性，它往往习惯地收缩翅膀，使自己的身体像一颗炮弹一样从天上射下来。这时，翅膀扇动的动静一点儿也没有了，而只有它的身体跌落时的细微的声息。而猎人就是凭着多年的经验找准时机，及时拉动网绳，这样就把鹰捕住了。

鹰扣在了网里，这时猎人要及时过去，按住它的身子，把它装在鹰紧子里带回家去。

天上飞的苍鹰怎样能听人的使唤和人生活在一起呢，这些事想起来简直就是古老的神话，但是在鹰屯却是一件很平常的事。一只鹰捕到了家，驯鹰便开始了。

（十一）驯鹰

猎人回家之后，首先要在屋里将鹰从紧子里放出来，这叫"鹰出紧子"。这时猎人要先把鹰从紧子里退出，然后再小心翼翼地摘下鹰嘴子。

鹰嘴子，就是一种蒙在鹰嘴、头和眼睛上的皮套，由一块皮子制成，正好套在鹰的头上。鹰的鼻口处开两个小孔，以便鹰喘息。在使用时要把鹰嘴子上的两条细皮绳系在鹰脖子上，以绑紧鹰嘴子，才不至于掉下来，以便使鹰老实，不串动、不啄人，可以安全携带下山。

在进行鹰交易时，有时为了双方不被啄伤，往往也给鹰戴鹰嘴子。

接下来就要开始正式驯鹰了，头一个过程是"开称"。

1. 鹰秤开称

开称要用"鹰秤"。

鹰秤是专门用来称鹰的一种民间老秤。这种秤与一般称东西的秤不同的是鹰户将秤盘子去掉，又在上面加了一条横撑，这是为了鹰能站在上面。

当鹰从山上被人捕到家时，先用鹰秤约一约它的分量，主要是为记住它下山时的分量，叫"给小鹰称分量"，这个步骤很重要。

称过重量之后，然后"开熬"。开熬，就是熬鹰，要通过"吞轴"

等手段，将它肚子里的膘肥减去，这叫"拿膘"。如果当年它下山时是三斤六两，养了半个月，它的分量必须在三斤八两左右，多了也不行，少了也不行。

超过三斤八两，鹰就叫"膘大"，它的体重多于刚下山时，就说明它不勤快，不爱追击动物和野兽；少于三斤六两，叫"欠膘"，又说明鹰的体力下降，没有狩猎能力，得完全靠人去养活，甚至以后放飞，它也不能很好地在自然中生存，这说明驯鹰人是不称职的。

所以养鹰人手中必须备有鹰秤，随时称一称鹰的分量，知道自己的驯鹰工作进行到了什么程度。

2. 开饿

鹰刚到人家里的时候，它生气，什么也不吃。这也正好中了猎人的计。

当猎人已知道了它的分量后，就让它独自地待在屋里，不吃东西也不去管它，这叫开饿。

刚开始的时候，鹰没有什么感觉，可慢慢地它就心发慌。这时，它往往表现得极其不安。鹰把头发现了这一现象后，要及时地驾着它出去走动，以分散它的注意力。为了防止它死去，鹰把头要把屋里的窗子打开，给它通通风。同时注意鹰杆子有时别放倒，让它站在上面。不然有时它饿昏了自己掉下来容易让绊勒死。

过了四五天，鹰已饿得不行了，这时驯鹰人开始考虑喂它"带轴"了。

3. 带轴

当鹰被饿得再也挺不下去时，养鹰人开始给它进食。这时喂它的食物是一种被民间称为"轴"的东西。喂它这种东西叫"带轴"。这是人驯鹰的古老的经验。

轴，就是把鸡蛋一半大小的鲜肉块切成肉片，然后用肉片将一团麻经包在里边。在勒制"轴"的时候，一定要包紧裹紧，麻团要团死。肉片要厚薄均匀，然后慢慢地打成肉卷。卷时，最好卷成稍长些的圈圈。

需要用到的麻经是由麻加工而成的。

在东北平原上，生长着一种野生植物，民间叫麻。

秋天时，农人将它割下，放到村里的大坑或水泡子里浸泡，民间称为沤麻。沤好的麻去了皮儿，然后纺成麻经，用来打绳和纺网。而捕鹰和驯鹰的人家用这种麻经绳来勒制"轴"。

经过处理的肉块，已形成一个一个像蛋蛹一样的东西。

鹰最初见这种东西是不吃的，因为它不知这是什么。可是，经过几天来的饥饿，它实在是挺不住了，于是就再也不加考虑地吞了下去，这就叫"带轴"了。

给鹰带轴，又叫"把食"。一个好的鹰把式会让"轴"能顺利地在鹰的肚子里刮下它的肠油，使它的"内膘"（肚子里的肠油）能减下来，达到猎人驯养它的目的，也是为了改变鹰的脾气。"把式"来自"把食"——把握好鹰的吃食。

把式又叫把什、把势、把头，是指此人是所在行业中的能人，或技术和技艺出色的人物。但是据乌拉街老人、著名的满族文化研究专家王安全先生和养鹰首领赵明哲等人介绍，这里所用的"鹰把式"则是指人对鹰的喂食情况掌握的熟练程度而言。

这体现了驯鹰人对鹰的一种真诚的关爱。要驯好它，又不至于伤了鹰的肠胃。真是一种高难的技艺。

4. 甩轴

带轴的日子鹰是最难受的时候，这时人要关爱鹰。

关爱就是时时地抚爱它，抚摸它的脖子或者腹部，让它"甩轴"。

一般是每只鹰一晚上吃进去两个轴，也可以喂它三个，但再多就不行了。因为这种轴在鹰的胃里根本不消化，于是第二天，它就开始吐，称为"甩轴"。

甩轴时，鹰不好往外吐。它得不停地甩头、蹦高、翘尾，才能把轴甩出来。这样吃下去、吐出来，要持续 8～10 天，鹰便渐渐地瘦了。这是因为轴的麻经将鹰腹内的油都刮了下来。

鹰瘦下来，叫"膘"被"靠"下来。这也是熬鹰的目的。

鹰腹内的油减少，俗话叫"靠山膘"，是指要比鹰下山时分量少。如果驯鹰人见鹰"甩轴"太痛苦，不忍心再"带轴"，致使鹰的身体重量减不下来，这叫"顶山膘"。顶山膘的鹰不饿，就不听主人的话去狩猎，所以必须要山膘小（比下山时的分量轻）。但又不能轻太多，因为轻太多就说明它已失去了原有的能力。所以驯鹰人要掌握好尺寸。

5. 跑绳

在甩轴阶段，鹰是最听人话的，于是猎人就训练它跑绳。

跑绳就是让鹰在杠上跑来跑去。

鹰杠（也叫鹰架）是鹰和主人进行训练的地方。这时，主人已天天让它上杠，然后嘴里不断地发出"嘛——嘛嘛——"的叫声，使鹰能辨别主人的声音，并不断地从木杠的一头走向另一头。

这种重复的动作虽然看起来不复杂，实际上已经在训练着鹰开始按照主人的意图来行动了。

猎人有时还要训练鹰能在杠上起跳、飞落，并且时时地变化着声音和口令，让它熟悉自己的声音和指令，这是熬鹰的重要阶段。

6. 过拳

驯鹰的另一重要阶段叫过拳。

过拳顾名思义是指能让鹰听到主人的吆喝，从杠上飞到人的肩、手腕或拳头上来，这样才能使它跟着人外出狩猎。

这个过程是很复杂的训练过程。

开始，鹰不肯上猎人的手臂上来，尽管猎人很费劲儿地吆喝，其实是鹰还不懂他的想法。这时，人不能怪鹰，也不能着急，说明人还没训练到位。

鹰屯猎人赵明哲说，他在叫鹰从杠上飞跳到他的手腕上时，先用肉来引它，它一飞过来，就喂它一块肉。这样一点点儿地，当他再发出"嗫嗫"的声音时，鹰便一下子就飞过来，落到他的手腕上了。

达到这种程度时，驯鹰的任务也就基本完成。这时就可以随时叫它，并带上它出行、狩猎或上任何地方去。但想要达到这样的程度，一般上好的猎人也得花一两个月的时间。

驯鹰是一个漫长而又考验耐心的过程，人和鹰要互相配合。人要爱鹰、理解它，掌握动物的心理和生活规律，鹰才能逐渐地听人的话。不然鹰被人激怒，不但达不到目的，它还会啄人，甚至一头撞死，人的一切努力都将付之东流。

7. 蹲杠

蹲杠，就是让鹰停留在专门为它搭起来的一种木杠上。

捕到家的鹰，给它的双腿绑上"绊"，然后就开始将它放在自家的鹰杠上，让它慢慢熟悉这个新的环境。

蹲杠也是在训练鹰的性子。平时它在石头和树枝上站惯了，现在来到一个新的环境里，一定要让它感到这儿与从前的环境没有太大的区别，也有站的地方。

鹰架一般是设在房外的院子里，这是为了让鹰一点点儿地从大自然走到院子间，消除它的恐惧和陌生。

这是第一步。接下来，开始让它到屋里"蹲"了，这也是先"蹲杠"。

屋里的杠往往也是一种木架，但有时也可以利用自家床头的横梁，或者搭手巾的横杆都可以。这是为了让它觉得外面的环境和里面的也还是一样，于是惊恐感和陌生感一点点儿地消除。这时就开始改变让它蹲站的工具了。

8. 蹲杵子

蹲杵子就是给鹰换一种让它站的工具——鹰杵子。

在训练鹰蹲杵子的时候，也是在外面的院子里，让鹰从杠上跳到杵子上。开始，它不跳可以用食来引它，使它从杠上慢慢地跳到杵子上。

如果鹰一旦从鹰杠上飞落到鹰杵子上，这说明猎人驯鹰的头一步已经成功。因为鹰杠高鹰杵子矮，从杠上落到杵子上，人就可以近距离和鹰面对面了。

从外面的鹰杠上引它落到外面的杵子上后，再引它进屋，落在屋里的杵子上，这个过程需要十几天，接着就可以喂肥它了。

六、鹰猎

鹰猎往往是从冬季开始。

在长白山地区，当时序进入阴历十月，气候开始寒冷起来，北风整日地呼啸，大雪纷纷飘落。北方的平原和山林，在一夜间就被厚厚的大雪掩盖。这时，驯鹰人家也开始进入鹰猎阶段。

出发时，往往三人或五人一伙，大家结伴而行，还带上猎犬，十分威武地走出村子。鹰站在猎人的肩上或蹲在猎人的腕子上，样子十分威武和气派。

到了野外山巅，鹰眼放出一种威严的目光。它盯着茫茫老林和风雪弥漫的草甸，习惯地寻找着大自然中的猎物。

驾鹰狩猎要分成两伙。驾鹰的猎人站在高一些的山坡上，另外一两个猎人手持木棍，到山坡下或沟塘底下的树林或山沟里去走动，同时手中的木棍不断地敲击树枝，翻动荒草，嘴里不时地发出"嗷嗷"的叫声，这被称为"赶仗"。

赶仗这是狩猎人的行话，意思是把躲藏在树林和雪壳子下面的野兽哄赶出来。

在寒冷的北方，当大雪落地，严寒到来，许多动物都"猫冬"了。它们贮备了一冬的食物，藏在窝洞里不出来。可是，也有一些动物来不及准备。

这种突然的寒冷，使得一些野兔、野鸡、狐狸、狍子等动物还没来得及贮备冬粮做窝，严寒已到了。

雪一下，这些动物更是寒冷和饥饿。于是，当赶仗的人在树林或山沟里一走一喊，它们便惊慌失措地跑出隐蔽之地往别的地方逃去，而这一逃，恰巧被站在高处的猎人发现了。

猎人盯着远方赶仗人所在的地方。当他一发现有猎物蹿出，他立刻把胳膊一扬，嘴里发出"嘛嘛"的声音，只见那猎鹰从猎人肩上飞起，如一发炮弹，照准猎物袭去，这是大自然给予它的神奇的本能。

转眼间，猎物已被鹰按在雪地上。

不管是多大的猎物，鹰毫不畏惧，它是捕猎的能手。它往往迅速冲上去，先一口啄瞎动物的眼睛，把那热乎乎的眼球吞下肚去，任何动物，一旦失去眼睛，心发慌了。

接下来，鹰开始叼啄猎物的脖子和胸口。鹰啄开猎物的脖子，使它气已上不来了。接着，鹰的利嘴迅速啄开猎物的胸脯。只是瞬间，猎物胸前的毛纷纷飞落，不一会儿，鲜红胸肉就露出来。一见了胸肉，鹰只一口便撕裂猎物的皮肉，一下把它的心脏啄出，大口吞下热乎乎的心、肝、肺……

这时，猎人要快些赶到鹰猎地点，迅速从鹰的嘴下夺回猎物。如果猎人跑得慢了，猎鹰便会将猎物吃掉，这是猎人的失职。因为一只吃饱了的鹰，它就不再去捕猎，变得越来越懒，渐渐就会失去捕猎的能力。

而猎人出击也要掌握好时机。头一次捕到猎物，要让鹰吞下猎物的心、肝、肺之后你再赶到，这叫给鹰以安慰。但接下来，猎手就不能再让它都吃了这几样。

同时，猎人还要学会识破猎物的诡计，别让它伤害了雄鹰。

在北方的原野上，动物在和鹰的搏斗中有时会使出绝招来保护自己，这也是它们的本能，特别是一些狡猾的动物，如老山兔。

兔子在逃命时，有时会把鹰引到刚刚割完庄稼的地里。当鹰俯冲下去捕它时，它往往会往庄稼茬子底下一缩，而这时只顾俯冲的鹰收不住力气，胸脯会一下子被尖利的庄稼茬子划开。

还有，兔子有时还会把鹰引到柳条通里使用另一种治鹰绝招。兔子在奔跑时拉倒一根柳条子，当鹰追到时它又猛然一松，那柳条会带着巨大的力量朝急速而来的鹰抽去。顷刻间，鹰会被柳条抽得眼瞎毛落，转眼死去。

野鸡也有保护自己的绝招。在北方的田间或野外，野鸡一见鹰追来，它往往逃进车辙的中间。而鹰只顾下冲，一头撞死在大道的冻土上了。

所有这些情况，都需要由猎人来设法保护鹰。常见的办法有：猎人不能领鹰到庄稼收割后的地里；尽量不领鹰到柳条通一带狩猎；如果遇紧急情况，立刻放出猎狗，让猎狗去干涉猎物的注意力，以便鹰顺利地捕获它。

严寒的北方是鹰猎的激烈战场。在平原、在山岗、在冰封雪冻的松花江沿岸，那一只只飞翔的海东青，翱翔在茫茫的雪野上。这使得北方的大自然充满了梦幻般的神奇，也使大自然充满了勃勃生机和活力。

驾鹰狩猎的人也十分辛苦。有时，猎人们就在野外住宿，用土制的锅子在石头上架火取暖，度过一个又一个寒冷的冬日。

如果运气好，一冬天一只猎鹰能捕获上百只猎物。在从前，这种活动由乌拉打牲丁去完成，然后将猎物保存好，上缴给朝廷以充贡。而到了近代，也有狩猎的村社，猎手们是为集体狩猎。再到了后来，就完全变成一家一户个人的狩猎行为了。

黄昏前，家里的孩子们会套上小爬犁，去原野上接驾鹰狩猎的父辈们回来，他们的生活充满了乐趣。

七、鹰的放飞

把鹰养大、驯好，再经过三四个月的狩猎活动，这时候，鹰屯的猎户们该考虑如何把鹰放走了。

放走，就是放飞。

猎人解开鹰身上的"绊"，放归自然，捕鹰人用鲜血，甚至是生命换来的收获再放弃，这种做法是真的吗？

在鹰屯，这一切都是真的。

赵明哲说，这是鹰屯的老规矩。从他爷爷的爷爷、爷爷、父亲那时起，也都这么做。这样做的目的为的是放它们回去再生儿育女，这样大自然中才能不断鹰。在鹰屯，每一个捕鹰人都遵守这个准则，自然自觉地遵守着，谁不这样做谁就不是一个捕鹰八旗的后代，也对不起祖先。

因此，到了第二年的春天，北方的大地即将冰消雪化的时候，他们的家族就要考虑放掉自己曾经辛辛苦苦捕来，又辛辛苦苦驯好的鹰，让它们回到自然中去。

我问赵明哲他为什么要这么做呢？

他告诉我，春天啦，鹰要回去，到属于它的自然中去。

在即将放飞鹰的那些日子里，赵明哲一宿一宿地睡不着觉。半夜起来，也去看一眼鹰。鹰站在杠上，也望着主人，四眼相对，仿佛有无尽的话要说。

要放鹰去，赵明哲在头一天会给它许多好吃的，边喂边自言自语：

孩子，吃吧，

吃完明天送你回家去。

你要愿意来呢，

明年俺再接你，请你。

叨咕着这一句时，赵明哲眼中已闪出晶莹的泪花。

是啊，在这八九个月的相处之中，他已与鹰有了深深的情。它虽然不会说话，但是它的一举一动，都已让猎人知道它的心理活动。可是，就是怎样舍不得，也得放。

在早春的一个早上，赵明哲带着他的鹰，走向了村外。

他站在一个高岗上，轻轻解开鹰腿上的"绊"。嘴里叨念着："鹰啊，你走吧，一路平安吧。"他说着，用手轻轻抚摸着鹰，就像爹娘抚爱着自己的子女。

看看时辰到了，他举起已松绑的鹰，猛地向高空扔去，然后自言自语说道："走吧……"

鹰，离开他的手，飞向高空。

可是，鹰总不是能快快地离开猎手。有很多时候，鹰从猎人手中飞出，在他的头上盘旋着、盘旋着，或是停落在旁边的大树上，不肯离去。

这是一种淳朴的情感，也是动物与人的相互依赖。

冬季食物匮乏，缺少了鹰可以捕捉的食物，加上寒冷的天气，鹰一旦离开猎人家，往往会冻死饿死在荒郊野外。所以人对鹰的捕获，把它养在温暖的家中，等天气暖和的时候再放走，也成了对它生命的一种延续。这该算是人类对动物的一种关爱吧。所以，鹰这般不愿离开猎人家了。

有时，猎人放飞鹰要连放几天才能放走。而有时，前几天放走的鹰，它自己又飞了回来。

放飞自己心爱的鹰，赵明哲说那是他最痛苦的日子，他从早上开始就一遍一遍地看着鹰。韩屯的鹰把头胡云武也说："听说鹰要去，我像丢了魂儿，什么也不想吃、不想喝。"

赵明哲回忆了他放鹰的往事。

有一年，赵明哲放飞一只鹰。可是鹰不走，鹰在他家门外河边的大树上蹲了三天三夜，赵明哲也在树下守了三天三夜。第四天，赵明哲爬上了树，含泪坐在树上面喂饱了鹰，又放飞了它。

还有一次，赵明哲把一只鹰放飞，可第二天早上一看，鹰又飞回，落在他家的房顶上，他于是又登梯子上去喂它，并又把它带到野外放飞。

这样的事情已深深地印刻在赵明哲的脑海里，就是今天，他提起这些事，依然记忆犹新。在北方，人与动物已有了一种深深的情感，那是一种无法言说的真实情感。

从春天到秋天，鹰屯是没鹰的日子，只剩下一个空名。一到了秋天，天下霜，草开堂的时候，又是一个新的开始。这里的人们的一生就这样轮回着。

赵明哲说："我必须这么做，因为我是在和祖先默默地对话。"

一、爷爷赵英禄和鹰

我的爷爷叫赵英禄，外号秀才，人善良，喜欢拉鹰。要是相中了谁的鹰，他就会想尽办法，直到把这鹰弄到手。爷爷健在的时候，他整天驾着鹰，在屯里走来走去。

爷爷的外号是秀才，这是说他可以随时编出一些"鹰歌"来。

鹰歌分几种，其中一种是敬鹰神歌。爷爷到野外拉鹰，把网铺开时，他忘不了一件事，那就是在地上插草为香，倒上一盅酒，有时也摆上几个水果，开始敬鹰神格格。敬时要唱敬鹰神歌。那是一种民歌的小调，叫《五更》，挺好听。词是这样的：

你是哪山生来哪山长？

哪座高山去捕食？

哪个大洼去背风？

今天我上山把你请，

把你请啊把你请，

请到我家有用处。

一天喂你一个饱，

夜晚陪你到天明。

……

爷爷哼起这小调很有一种"神调"的味儿。神调就是我们东北民间祭祀活动时大神萨满唱的歌。正因如此，我一直觉得爷爷是萨满。这歌其实是爷爷对鹰的生活环境的了解，里面还包含着他对鹰的感情。我曾经问爷爷，这歌是他在哪儿听的，他说是他们家一辈辈传下来的，只要是家里的人都得会。因为歌里讲的都是捕鹰、驯鹰的经验，说的都是真话。如"夜晚陪你到天明"，就是指熬鹰。熬鹰等于已经和鹰打过招呼了，这叫"当真人不说假话"，这也是我们满族为人处世的规矩。记住了爷爷给我解释的那些话，这首请鹰歌也就记住了，至今张口就来。

在山场上拉鹰不敬神格格不行，不祭它就感觉自己的心好像没底似的。

在东北，草开堂的日子，万物枯死，生活在大自然中的动物的生活变得凄苦无比。眼瞅着冬季来了，鹰不得不下场子，它们也是舍命捕食呀。

在大自然中，一切动物的生活都是用它们的小命换来的。大鹰打食，除了自个儿吃外，很多时候是为了它的孩子。一只鹰往往两三只小雏，再多了，它喂不上，小鹰们自个儿就饿死了。守在窝里的小雏，都是一些可怜的小动物。

大自然中的一切生灵都学会了生存的本领。在自然中，一切生命都要面对现实，来不得半点儿的虚假。

　　就拿鹰在扑食时的规律来说吧。如果它头天下半晌打着的食，第二天保准也是下半晌再来；如果是头晌打着的食，第二天也是头晌来。

　　如果鹰飞得扑扑腾腾的，被叫作"扑腾鹰"，这种鹰"活"不好。活，指它的本事，也就是能力。

　　爷爷告诉我，扑腾鹰抓不着物，总是饿。你就是捕到这种鹰，也没多大的用处，驯也不好驯。就是驯好了，也不抗使，总犯病。犯病，指老毛病，就是懒病、毛愣病，不是一只踏实、利索的鹰。

　　踏实的、利索的鹰，被叫作爽快鹰。这种鹰是指那些从天上飞下来，两下子就能打物、拿物的鹰。这样的鹰天天准时准刻出现，不爱睡懒觉，能打饱食。

　　这样的鹰，下山时膘好，是一只雄鹰，是有用的家伙。

　　雄鹰的特征是：大胸架子，胸口嗉子皮松。因为它经常吃得饱，吃饱后，它会使自己的嗉子（胃）一压，肉就滚进下嗉子。下嗉子里存着大量的积食，这样的鹰不怕寒冷和饥饿，所以上嗉下嗉的串食，使得胸架子上的嗉皮子松。

　　爷爷说，对鹰的判断决定捕到以后怎么去驯鹰。如果是打饱食的鹰，到家驯时，它往往头五天气得都不吃食。如果是打不饱食的鹰，要在它绝食的两三天就得开喂，不然它的底气没了，再驯再熬也出不了格，这叫分鹰而异。

　　在山上拉鹰，拉上瘾叫"拉上茬"。上茬，指人和鹰较上劲儿了，人和鹰一样，也不吃不喝不睡觉，非拉着不可。我就是经常上茬的人。

熬鹰也能有"熬上茬"的时候。

熬上茬时，人要让鹰整夜地站在人的腕子上，没有一点儿功夫和毅力是不行的。特别是对那些在山上就喜欢打饱食的大鹰，下山后得日夜端它。端，就是熬、守的意思。

这样的雄鹰，好鹰把式日夜端它，四五天下来，它瘦得巴巴的；想"起盘"（飞）已不行了，这才熬到了份儿。

只要说起鹰来，爷爷的话都是一套一套的，对捉鹰、驯鹰和用鹰狩猎，他也有一套嗑儿。有一回我问他："干咱们这行的怎么说呢？"

他说：

> 小子，你听着：
>
> 世上什么都好，
>
> 就是捕鹰八旗遭罪；
>
> 走些千山万岭，
>
> 好像充军发配；
>
> 河里洗脸，沟里睡，
>
> 比哑巴牲口还要累，
>
> 一辈子就遭这个罪。

二、父亲赵文周和鹰

赵明哲说："我的爷爷是熬鹰、驯鹰的能手，而我的父亲赵文周是秋冬狩猎的能手，他最拿手的绝活是抠野鸡。"

在鹰屯，过去捕来鹰，驯好了为着啥？就为着去狩猎，打着猎物给朝廷，完成贡务。后来呢，是为了打几只野鸡、兔子什么的，卖几个钱，过个好年。因此家家捕鹰驯鹰，就是等着鹰"拿活"。

拿活就是由鹰去追赶野物。

你看吧，一落雪，如果这儿有四十家养鹰的，只有十几家能驾鹰出猎，为啥？其中有许多人家虽然驯了鹰，但那鹰一只只的都搭拉着膀子，根本出不了猎。

使鹰狩猎，这需要人和鹰互相配合，鹰好人也得硬实。就是说，当鹰追赶猎物时，猎人要敢于配合，还要会配合，这都是猎人的能耐。

冬天，人都一个个冻得说不出话来，就更别说动物了。动物喜欢往村落和院子里钻，狼啊、狐啊是这样，野鸡和兔子就更是如此。

当猎鹰追赶野鸡时，很多情况下野鸡们拼命往村里跑，它们是想钻进庄户人家的牛槽、草垛或仓房子里去暖和暖和。

这时，牛、马等动物往往会默默地看着被追赶的野鸡钻到柴草垛里，也不会给猎人示意，好像可怜它们似的。

发现野鸡进院子的，往往是各家的狗。在乡下人家，山野村子的狗精尖，它盯着、守着主人的院子。当它听到鹰追野鸡发出的"忽忽"的风声，或野鸡钻草垛时的"吱吱"叫声时，它就开始狂吠。

在死冷的冬天，村里人都是坐在自家的火炕上，一旦听到自家的狗叫了，又不见人、畜进院子，老人便会自言自语地叨咕，准是野鸡钻草垛了。这时，主人会麻利地穿鞋跳下炕，奔向房前或房后的草垛的方向赶去。

钻草垛的野鸡使用的都是从它的祖先身上继承下来的本领，它们往往头扎进草垛，屁股露在外面。而鹰呢，早已瞅准野鸡露在外面的部位，双爪按去，和那野鸡厮打在一起。

而更多的时候，鹰会"守桩"。

守桩是说鹰很忠实，它自己知道一动不动地守住猎物，等着猎人赶来。这样的通常是经过驯化的成鹰，它并不轻易毁坏猎物，只要猎物不跑，鹰便用利眼盯着，但猎物一动、一跑，它就狠狠下爪，用威风震住猎物。

还有的时候，被追赶的野鸡进了某家人的草垛，这家主人会听见自家的狗叫迅速赶来。发现了鹰和野鸡的人家有时会自己动手取猎物，可是鹰不让，因为它看守的是猎人的猎物。草垛主人往往不管那一套，他会毫不客气地动手擒鹰或从鹰爪下夺物。村落人家不懂得猎人平时是怎样抓鹰的，所以他像抓自家小鸡一样去拧鹰的翅子，于是一下就把鹰的翅膀给掰伤了。

鹰既伤了翅膀也伤了心，它一气之下飞上旁边的大树，再也不肯下来，有的甚至被活活冻死或饿死。这时候要全靠猎手"摆床子"的本事把它引下来。我父亲就是摆床子好手，许多次是他把被掰伤翅膀的鹰引下树来。

还有的村户人家，不但获取了猎人的猎物，甚至连猎鹰也被带走。当猎人追寻而来时，他们也不放还，这样鹰就毁在了这些人的手里。

父亲告诉我，一见鹰向野鸡追去，人要立刻跟上去，要拼命盯住目标，要眼尖脚快，不能落下太远。许多时候，村屯人家是不留猎人的猎鹰和猎物的，而且还帮着寻找，这时候我父亲就大显身手了。

父亲精通天光和气候。如果是下晌野鸡进的村，它准钻进草垛的南北面。这是因为野鸡以为西边光线亮，鹰和人能看见它，扎进东面草垛又绕远，所以选南北面。如果是太阳完全落山时野鸡进的村，十有八九它进了人家的牛棚或仓房，它是想连避寒都有了。只要父亲跟上就能找上野鸡的藏处，父亲抠野鸡的绝活就是这样练成的。

父亲抠野鸡的另一点就是注意野鸡"走雪"。鹰追它时，野鸡一头扎进雪里不见了，鹰急得在四周打转转。

父亲说，这种情况下要看地形，还要从鹰看守的地点开始分析。如果是山坡，野鸡进雪后往上走，一般是离它钻雪处的两三米；如果是地垄沟，野鸡会过垄台。公野鸡过左垄台，母野鸡过右垄台。

那时，只要父亲打猎，多么狡猾的野鸡也能被父亲给"抠"出来。

三、赵明哲和鹰

要说儿子不像自个儿的长辈那是瞎话，我是在不知不觉中学会了爷爷的熬鹰手法、捕鹰经验和父亲的"摆床子""抠野鸡"这一套的，但我也有我自己的手艺，比如给鹰把食，用狗赶仗等。

给鹰把食这一套太复杂了。你要把不好鹰这口食，多好的鹰到你手也完了。

一只鹰到了你家，开始一定要饿到份儿。饿到什么程度才算到份儿？要看鹰毛和鹰爪。

饿到份儿的鹰，胸脯上的毛挓挲开了，爪也长时间搭在杠上，懒得"歇爪"。这时开始给它进食，进食要爱护鹰的嗓子。春秋，要把肉片蘸上点凉水喂它；冬天要给肉片蘸上点温水，再喂它。

我喂的鹰，一天下去毛色就发亮了。这是它吃得舒服了，食物被吸收了。开喂时要多喂活物。鹰不能光吃肉，要吃"水"，所谓的水，就是指活物的血。所以别人叫我鹰把式，我说我不是。我只不过是个鹰把食。

狗赶仗也是我的拿手绝活。一般猎手上山狩猎往往用人来赶仗，可是家里没人跟着，就我一个人上山时，谁能替你赶仗，就只能让狗来替人赶仗。

猎户用狗来赶仗，主要是发挥狗嗅物气味的本领。在山坡或草地上，野鸡走过时，就会把一种气味留在草梢和树枝上。为了训练狗追踪气味本领，猎户主人往往先用一种"木野鸡"的物件来驯狗。

木野鸡是将一只真野鸡的膀子固定在木条上，反复地抛进草地、树丛中，让猎狗练习寻找。一来二去，猎狗就记住野鸡味儿了。

用狗去寻找野鸡跟踪哄赶，要注意处理好鹰与狗的关系。

在生活中，鹰和狗是不合的。本来是狗一见鸡、鸟和鹰，就一定要去追赶的，鹰把式的重要任务就是要设法尽量让狗明白鹰和它是一家。这种认识要费心去培养，比如你经常要在家里当着狗的面去喂鹰，或驾着鹰遛时也牵着狗，这就是让狗认识自家的鹰。

有时狗也生气，见主人喂鹰，它气得在一边走来走去，不是好眼色。而鹰却不理狗，反正自己在架上，狗也够不着。所以这时就要看猎人如何处理了。

在野外，一旦狗发现了野鸡的气味儿，它便一头扎进山草和树林中去追踪。这时候猎人也要赶紧驾鹰紧随其后。一见狗把野鸡哄起来时，猎人要立刻打开鹰腿上的开裆绊将鹰撒出去，同时要喝住猎狗。这是为了让猎狗知道，这个环节不需要它了，它的任务已完成了。

这样通过几回，狗就慢慢地明白自己该干啥不该干啥。不然，狗也去追野鸡，鹰也去追野鸡，就容易"伤"鹰。鹰以为它的任务就是抓鸡，你来这儿掺和什么。可狗以为，野鸡是它发现的，你来抓什么，于是二者互伤。这些事情全靠猎手平时去教化狗和鹰"懂事"，教化好了就不会发生这样产生矛盾的事情了。

在鹰屯我用狗赶仗别人很羡慕，但他们往往办不到，因为这一招也是从爷爷和父亲手里传下来的。就说我制作那种"木野鸡"吧，和真的一模一样，能以假乱真。

第六章
狩猎人的故事

　　鹰屯坐落在远山和平原尽头，那一座座不太高的山岗，分别叫双山、尖山、姑娘坟山、鹰山等。在村舍后面的远山山脚下，松花江水浩浩荡荡从远方流来，绕山而过，又浩浩荡荡地流向远处。经过吉林西部的嫩江科尔沁草原又与从伊呼里山发源的嫩江一同向北，最后奔向了茫茫的鄂霍次克海。

　　千百年来，鹰屯这个古老的村落里的族人生存繁衍着，世世代代生活在这里的人们都是捕猎的好手，不同的时代都有出色的鹰把式，如果人们问起现在这个村中谁是著名的鹰把式，大家都会不约而同地告诉你：赵明哲。

　　赵明哲的家族是正宗满族镶蓝旗，老家伊尔根觉罗氏（赵姓），祖系明长白山女真，后被努尔哈赤所指挥的建州女真所灭。顺治二年（1645年）由盛京（今沈阳）拨来乌拉鹰屯落户。提起赵明哲与鹰之间的故事，那是说也说不完的。

一、惊动大蛇

虽然已到了秋季，但在长白山区晌午时分，太阳还是炎热无比，人称北方秋老虎。捕鹰的人在山野窝棚待着，又闷又热不说，而且常常有意想不到的事情发生。

有一次，赵明哲进山捕鹰。头天他临下山时，窝棚里的坐垫忘了掏出来晒晾。第二天下完了网和拐子，他就直接进窝棚里了。

他爬进去之后想也没想就坐到垫子上去了。

可是这一坐下，他就感觉不对劲儿了，总觉得屁股底下有软乎乎的东西一直在动。突然间，一股惊恐的感觉涌上心头，不好！窝棚里准是有活物，会是什么呢？

他来不及多想，一头顶开窝棚的草门，一个跟头就翻出窝棚外，然后惊恐地看着窝棚里的活物究竟是什么东西。

这时，只见一条碗口粗的花蛇，慢慢地爬出窝棚坑下的草垫，过了好大一会儿，消失在草丛深处。

赵明哲惊出一身冷汗。如果不是他及时发现，动作灵敏，说不定被这条大蛇咬死在窝棚里也不可知。

打那以后，每当钻进窝棚之前，赵明哲都要先用小棍敲打一下窝棚的草垫，搅动一下窝棚的草壁，检查一下上盖等地方，以免有蛇藏在里边。

就是这样，也是常常有意想不到的事情出现。有一回，他在窝棚里一蹲就蹲了三个小时，眼看快到晌午了，他被一泡尿憋得受不了了。

本来，捕鹰人待在窝棚里，吃喝拉撒睡都要在里边完成，可那毕竟是人生活的地方，需要保持一个良好的生存环境。如果正赶上鹰来或鹰落，人有屎有尿也得在窝棚里解决，其余的时候尽量上外边去。

离窝棚后边不远，有一趟长长的狗杏条。狗杏条是长白山里的一种植物，一片片的，齐刷刷地长得炕沿那么高。

秋季，寒霜一落，狗杏条变得红红的，白霜一样的东西是它的小花，赵明哲万万没有想到，一条白花黑地的大蛇正在狗杏条上晒鳞。

和往常一样，他把衣服解开扇扇风，然后去靠近狗杏条的地方解手。突然，他手碰到了冰凉冰凉的东西。他下意识地一回身，只见一条巨蟒躺在狗杏条上，那东西身上的白花，在秋阳下闪着银白的光泽。他吓得惊叫着跑开了。

二、一只小喜鹊

赵明哲有一只饵鸽，名叫喜鹊花。它有着白白的羽毛，红红的眼珠，黄黄的小嘴，非常可爱。

有一回，他带着喜鹊花上山拉鹰。那是个寒冷的头晌，天一会儿下雨，一会儿下雪的，窝棚里有成群躲雨的蚊子、小咬，咬得他坐卧不安。伤口转眼间又被冻硬、红肿、起泡，还淌黄水。

赵明哲浑身奇痒，他抓一把"马尿臊"（一种山里的植物，可解蚊虫叮咬后的奇痒）往身上脸上擦。这时，他上困劲儿了，眼睛不知不觉地闭上了。

谁知就在此时，一只老雕在空中飞。

下霜后的雕急于打食，它凶猛而残忍，不顾一切地去对付大自然中的一切能作为它食物的生灵。

这时，喜鹊花渴了，发出"咕咕"的叫声。它也太辛苦了，每次，主人躲在窝棚里，饵鸽却淋在风雨寒风里。它不但要抗得住严寒冷酷，还要时时地盯着天上的恶鹰，把准确的信息传给主人。

在昏睡中，心爱的喜鹊花唤醒了他。赵明哲知道，鸽子是渴了。他爬出窝棚，把装水的皮袋子的口处面对鸽子，小鸽子把嘴插进去，咕咕地喝一气儿，然后不瞅主人，又是警惕地瞅着远方。

赵明哲又爬回窝棚。但他不知道，一只狡猾的金雕正躲在不远的树林枝头向这边观望。当赵明哲又觉困倦时，他突然听到外面"啊吱"的一声惊叫，他再抬头看时，场子上已不见了喜鹊花，只它的一些零乱的毛在空中飘落，还有那一只残碎的喜鹊花的小腿，紧紧地拴绑在溅血的鹰拐子上。

喜鹊花的惨死，让赵明哲坐在窝棚里伤心地哭开了。这个坚强的北方汉子流下了男儿泪。

事实上，饵鸽的死和猎人的手艺、心情是有关系的。一个精明的猎人是不能让饵鸽轻易死掉的。当鹰做下扑动作的一瞬间，猎人要恰到好处地扣网，这样，既扣到了鹰，又伤不了饵鸽。可是，一个再精明的猎人也会有怠慢或疏忽的时候。

饵鸽和鹰一样，也需要主人去驯化和关爱。一只好的饵鸽，主人带它出发，它迟迟不肯进紧子，因为它知道这一去可能就会面临死亡的危险。

在家出发时，让鸽子进紧子时，它的一对红红的眼珠不断地旋转，嘴里不停地发出"咕咕"或"噜噜"的响声，而且头不停地冲着主人一上一下地动。

我问赵明哲："饵鸽懂得它去干什么吗?"

赵明哲说："它懂啊。"

我问："它在'说'什么呢?"

赵明哲说："它在告诉主人,你可千万要精心点儿呀,我的主人,你少喝点儿酒,别误了事。你听到了吗?你听到了吗?"

赵明哲每次小心翼翼地把鸽子装进紧子里时,眼中往往都含着泪花。因为他也不知道这一次这个小生命是否会因为他不及时下网而葬送性命。

动物绝对是有生命意识的。赵明哲告诉我,每当一天拉完鹰下山时,只要你打开紧子,那饵鸽往往会自己主动往里钻啊。它点着头咕咕叫着,好像在呵呵地乐呀,因为它自己知道要下山了,该回家了。

这一天它是平安无事的,它还活着。

就是现在,每当提起来赵明哲那只心爱的饵鸽喜鹊花,他都会感到心疼和愧疚。

三、遥远的白鹰

那年秋天霜下得早,草一开堂,赵明哲就上了山。他打眼望去,千里沃野一片枯黄,只有坡岗上的几片松柏还翠绿挺拔。这样的日子,鹰最喜欢下场子,它要吃饱了好应对寒冷的冬天。可是奇怪,赵明哲在窝棚里足足蹲了三天,却不见一只鹰的影子。

又是一天头晌,太阳已升起一竿子高了,鹰场子上还是静悄悄的,鸽子悠闲地在地上梳理着自己的羽毛。

窝棚里的赵明哲困倦了。在一般情况下,鹰都是在头晌扑食,它一旦吃饱了,就飞到松柏树尖上或大洼的树丛间一蹲,闭目养神再不出来。

可是就在这时，他突然发现鸽子不梳理自己的羽毛了，而是脖子往上伸，两眼直直地注视着远方。赵明哲知道，这是鸽子发现了目标。他赶紧从怀里摸出他的酒壶，"咕咚咚"地喝上一大口，精神头立刻被提了上来。

就在这时，赵明哲隐隐约约地听天上传来呼呼作响的风声，那是一种奇特的风声。平时鹰来响起的风纵然有千百种，他也能分辨出来哪种声音是泼黄、花豹、金雕、黑边……可是这一回，他蒙了，这是什么呢？

与此同时，他也发现了鸽子的奇异变化。只见草地上的鸽子先是静观远方，并在一点点缩小、缩小，仿佛要缩进山土的石缝里。可是突然间，鸽子仿佛变成一条长长的细线，直立在山地上。

也就在这一瞬间，呼啸的响声没有了，只见一道闪电拖着银白刺眼的光芒划破长空，只听"呼"的一声，一只白色的大鸟冲落在鹰场子上。它急速落地冲起的气流像一股狂风，把秋草和落叶猛烈吹起，在空中和山场子上飘荡翻滚。

赵明哲惊呆了。他看清了，这是一只白鹰，一只他从未见过的白鹰。他想起父亲说过的话，说他爷爷说过，有一种鹰叫"白玉爪"，是海东青中的极品，万人都难得到一只，多少人都难得一见。现在，自己竟然与白玉爪近在咫尺！

在秋草飘落的草甸上，那只白鹰高傲地扬着头，尽管扑鸽吓得脖子线似的一伸一缩、一长一短，可是白鹰竟然连瞅都不瞅鸽子一眼，它的明亮而金光四射的眼珠子只盯着茫茫的远山。

赵明哲这个从十来岁就上山拉鹰的鹰把式，当时攥着网绳的手也在发抖，不知所措。因为他清晰地看到，白鹰飞落的地方似乎不在网扣下的范围之内，就是在也是刚刚进入范围。究竟在不在？连他自己也仿佛量不出、看不准，有生以来他第一次这么发慌、这么紧张。

赵明哲控制不住自己的紧张和兴奋。可是，白鹰却像什么事也未发生，它仍然不理身边的鸽子，就像那鸽子并不存在一样，它依然眺望遥远的天边，仿佛在想着什么心事。

赵明哲再也控制不住自己，他太想得到它了。他在心底默念，再靠近点儿，再靠近点儿吧，白鹰，我的孩子，你回来吧！

随着他心底的呼唤，手完全是不听使唤地拉动了扣网绳。只听"啪"的一声，他精心安制的大网翻扣下来，一股烟尘和草末子随之飘起⋯⋯

他再一细看场子，只见一道银光忽地升起，划过秋季的清亮的蓝天，飞向远方，转眼间消失在苍茫的地平线尽头。草地上，只有零乱的网绳，还有网绳下那仍在惊恐不定浑身颤抖的扑鸽。

这一夜，赵明哲下了山，回了家。他得了一场大病，在重病中，他夜夜不停地说胡话："阿玛（父亲）我怎么就这么慢呢？我怎么就这么忙着非要拉网绳呢？它明明不在网场啊！可是，我明明见它进场子啦。这，到底是怎么回事呢？"

几天的昏迷、发烧，父亲为他熬了一盆盆草药汤，他不断地喝下去。第七天头晌他清醒了。他对父亲说，它是嫌扑鸽瘦小，根本不屑一顾，所以才不肯去抓。要是一只肥大的野鸡，说不定白鹰就走了上来。

父亲毕竟是经验丰富的老鹰把头了，他走过的桥比儿子走过的路还多；他吃过的盐比儿子吃过的米还多。他对儿子说："儿呀，你死了这条心吧。那白玉爪不是咱的物，它是天上的。抓到它，你也养不成，或许抓到了祸害。清康熙十一年（1672年），建州女真多罗甘珠的儿子伊尔根，捉到一只白玉爪，在送往京城去的途中，鹰起了爪疮，这是鹰上火得病所致。鹰没到京城就死了，最后多罗甘珠家族落得个满门抄斩。儿呀，死了这条心吧，安心地拉别的鹰吧，白玉爪不属于咱们网下的物。"

后来，赵明哲病好了，又上山拉鹰去了。可是，白鹰从此成了他心中永久的梦想，那是一个不可忘却的记忆，深深留在他的记忆里。

四、坏脾气老雕

在野外同鹰去交手，有许多危险，鹰屯村落的猎手至今不愿开口再提。

为了对付鹰，猎手首先必须了解鹰。没有多少文化的赵明哲苦于自己对鹰的事情了解得少，他省吃俭用攒下几个钱去图书市场买来一本关于鹰的书。他这才知道，全世界有许多民族都在和鹰打交道，而且他记住了许多鹰、雕的种类。

他像一位专家一样告诉我，鹰有许多种，有八角鹰、蜜鹰、雕头鹰、老鹰、鹬鹰、黄鹰、雀鹰；松儿、松子等。雕类也很多，有鹫雕、洁白雕、红头雕，当然还有狗头雕、座山雕等，都是十分凶猛的家伙。

鹰属于隼形目鸟类，如雕头鹰，这种家伙全身栗褐色，羽干纹黑色，头顶、头侧和上喉灰色，羽缘处沾褐色，前颈是黑色。它们一般喜欢在红松阔叶林带和丘陵阔叶林地带活动，也常常到村落和农田附近一带觅食。

这种鹰喜欢吃蛇，有时一次能吞两至三条蛇，所以有蛇的地方常常有这种雕头鹰。而黄鹰也叫苍鹰，它是北方常见的一种鹰，最喜欢吃的

114

是田鼠和黄鼠。它们常常超低空在山坡和山岗一带飞旋，寻找飞扑的目标。而雕类的鹰鸟可就不一样了，这是一种非常狂暴的家伙，有一年，赵明哲差点被它要了命。

那一年秋末冬初之时，赵明哲上尖山子鹰场。

尖山子是鹰屯西北的一座高山，海拔在1200米左右，属于九台县境内的一座出名的鹰山。由于这儿山形地势适合鹰的生存，所以每年许多捕鹰能手都来到这里一显身手。而赵明哲每年在这里都是大有收获。

赵明哲在尖山子鹰场有自己的鹰场子和鹰窝棚。由于尖山子太高太陡，这一回，他在下山时，就没把鹰网和工具带回家里，本想第二天上山时轻便一下。

尖山子离鹰屯有三十多里的路程，上那儿捕鹰，必须要起大早。第二天，当他喘着粗气爬上山时，他发现自己的鹰窝棚里的网和网杆都被折断撕坏了。他一分析，这准是野狗之类的动物闯进来了。头一天他下山时，还有几个饽饽和一些水果被他留在了窝棚里，可能是野狗进来翻吃的。几条野狗一挣一抢，撕坏了鹰网，又踩断了网杆，这是常有的事。可是，自己不能白上来一次呀！

想到这里，他就补起网，搓地杆来。赵明哲是一个巧手之人，平时在家所有的网绳、网片都是他自己来制作。但在家时那是材料和工具应有尽有啊，而现在在山野之上，真是要什么没什么。但赵明哲肯动脑子，他把树枝子折下来，用自己的衣服撕成条，编织网绳。终于，一张残网被他修好，支了起来。

这时，已近晌午了，下好网，他赶紧下饵鸽。那只饵鸽，是他非常喜爱的小灰子。

这是一只老练的鸽子，它已经成功诱捕了十六只鹰了。可是今天，小灰子一下场子，就惊恐地不肯出紧子。

赵明哲和往常一样，他一边爱抚地摸着鸽子的身子，一边轻松地说："小灰子，出来吧，没事的。有我在，就有你在。什么恶鹰也伤不了你。"

好说歹说，总算把小灰子放出了紧子。可是，在把鸽子往拐子上拴时，它仍然不安，这是怎么回事呢？

细心的赵明哲用眼睛在旁边不远处的一片柞树林子里，立刻发现了目标。凭他多年的拉鹰经验，他顺着鸽子的惊恐的目光望去，终于看到柞树头间的一棵半截松树上蹲着一个家伙。

但是由于树枝太密，他看不太清是什么鹰。只见那家伙黑乎乎的一堆，个头不小。

赵明哲喜上眉梢，他悄悄拍拍小灰子的肩膀说："灰子，今儿个咱们要来个大的。"说完，他麻利地走下场子，钻进窝棚里去了。

进了窝棚，他开始仔细地观察外面的动静。草地上一片寂静，阳光明亮地照耀着尖山子山岗，正是鹰鸟开始打食的最好时辰。

这时，赵明哲发现鸽子越来越不安，它不停地伸缩脖子，小红眼珠紧盯着树林，仿佛在告诉主人，目标就在那里。

赵明哲顺着鸽子的目光一找，那只鹰更加清晰地进入了他的视线。赵明哲看清楚了，这不是一只鹰，是一只金雕，而且是一只饿雕，它已经急不可待地从树林里边飞到树林的边缘，时刻等待机会下手。

金雕体大凶猛，飞行速度非常之快，而且突然间的爆发力胜过一头牤牛，赵明哲的心紧张得有些发抖。

虽然他不是一般的猎手，什么凶猛的雕鹰他差不多都见过。但他深知金雕的厉害，平时这种雕专吃林中的野猪和狍子一类的大型动物，对一些小型的狐狸、蛇、鼠之类的动物更是不在话下。今儿个它准是饿蒙了，这才盯上了赵明哲的灰鸽子。

赵明哲正想着，他发现灰鸽子的脖子一下子抽成线一样的细了，而且不断地颤抖：这是猎物下来啦！

与此同时，他已隐隐约约地看到一团巨大的黑云直照灰子头上砸下来，赵明哲再也来不及多想，他使出吃奶的力气拉动了网。

他听到场子上像山洪暴发时水冲下巨石一样的轰响，接着又传来"咚隆"一声牛似的吼叫，地上顿时腾起一片尘土，乱草根子、树叶子也随之卷上天空，一股强大的气流吹得窝棚一劲儿地摇晃！

赵明哲惊出了一身冷汗。他一个跟头翻出窝棚，眼前的一景更让他浑身战栗：场子上，只见一只一米左右高的老雕立在那里，它虽然浑身披着网绳，却丝毫也不在乎地吞食着饵鸽，它嘴上淌着灰鸽的鲜血，灰鸽的一片片羽毛，正在随着风可怜地飘动。

赵明哲愤怒极了。这些年来，他还是第一次遇上这么个家伙，一定不能让它走掉。他想到这里，一个就地十八滚，一下子就骑在了老雕的身上。

正在狂吃的金雕是背身对着窝棚，它对猎手在身后袭击并未察觉，赵明哲骑在它身上，竟然把它压歪在草地上。

赵明哲腾出手准备对付这只大金雕。因为他知道，这样巨大的金雕一旦扬头照他啄来，皮肉和骨头立刻会被它撕开。于是，他死死地用全部力气压住金雕的头不放。谁知就在这时，那金雕一只爪子挂地，另一只爪猛地向赵明哲身上弹去，只听"咚"的一声，金雕掀开了被它撕烂的网，一脚把赵明哲踢开了。突然"哗"的一声，赵明哲本能地往下一跳，顺势抓住一把蒿条，这才发现脚下已是万丈深渊。

而且，那被金雕踢碎的一片一米多长的网片恰好刮住了一堆枯树，不然，他准落下深崖无疑。他在风中摇晃着，破网绳"咔咔"响着，一根根地断裂，他下意识地抓住了一块岩石。

已看不见金雕的身影，赵明哲松了一口气。他暗暗地庆幸，一是那家伙没有继续追赶他，不然它若飞来，只一口就会结束他的性命。二是它没有在场子上啄到他，只是踢了他一脚。他用手摸摸腰处，那儿已肿起碗口大的一个包。

山谷里的冷风，不断吹得吊着他的破网片摇摇晃晃，他害怕的是网片和松散了的网绳已不可能再拉他多久，必须喊人才行。

多少年捕鹰的山野生活，使他曾经遇上过诸多的危难，但这一次，他已不能保证就会获救。试试看吧，人，不能放弃对生命的任何一次求生。于是，他一手抠住岩石，以减轻网片的拉力，一边拼命地大喊：

"救命啊——救命！"

许久许久，一个上尖山子放牛的老头听到了他的喊声。那人爬上山来，把他救了上来。他拖着伤体回到家，妻子问他怎么摔成这样，他说窝棚里太冷，酒喝多了点，不慎掉下了山坡。

五、爱鹰的人

把一只鹰熬到能出猎的份儿上，该是猎人最高兴的时候。为了鹰，赵明哲小时把家里的鸡偷偷抓给鹰吃，母亲发现鸡少了，就自言自语地说是让黄皮子吃了吧。可是过了几天，又少了一只，母亲知道了是他偷的，用帚笤疙瘩把他打了一顿。可是，父亲却乐了。父亲知道，儿子爱鹰偷着把自家的鸡喂了鹰。

于是儿子就对父亲说："阿玛，你等着，鹰抓了野鸡给你下酒。"

赵明哲说："人的一生，盐在哪儿咸，醋在哪儿酸。鹰这东西，你不付出心血去熬它、驯它，它也不会认你。"

因此他对鹰饲养很精心。他知道，鹰吃血食体格壮，他就尽量给鹰喂活食。鹰不喝水，但鹰吃的活物中，就已有了水。不过，当没有活物，需要喂肉片时，就要更细心了。夏秋喂鹰，一定要把肉片上蘸上点水，让肉水灵灵的，鹰吃了才败火；到了深秋和冬天，喂鹰时，肉要蘸温水，别冰坏了鹰的胃。如果给它喂带冰碴儿的肉，鹰会咳嗽。

赵明哲对鹰的观察比对他自己还细心周到。他驯出的鹰是他的心上物，别人动一动也不行。因此他盼望出去狩猎这一天，他倒要看一看鹰的本事了。

放鹰狩猎是一件很讲究的事情。到了野外，"五尺子"（拴在鹰腿上的绊绳）打开了，但要注意，如果两伙人驾鹰狩猎，前头有一伙人时，后边就不能再放鹰。否则的话，就会出现鹰抓鹰的现象，这叫"盖被"。如果同时放，稍微强一点儿的鹰，就跑了，这叫"漂了"。

六、东北老狼

那年早春，他也就 18 岁，他和父亲还有两个猎人一块儿驾鹰去了野外。当时，冰已插江（江已上冻），大家都去一个叫察里巴通的地方，据说那儿的野鸡多。大家刚到那儿就见上游的雁凌水（上冻前也有化水的时候，指向阳坡地带）下来了，于是赵明哲说："咱们上西小山吧。"

许多野物都集中到西小山来了，果然大伙上去不久，赵明哲的鹰就抓了两只野鸡。正当大伙抓得来劲儿时，四家子一个叫杨喜林的农民跑来了，说："你们快离开这里吧！"

赵明哲说："怎么回事？"

他说："这儿有狼！"

"狼？"

赵明哲顺着他指的方向一看，果然见到林子头上真有一个黑乎乎的东西按着杨喜林家的一头 70 多斤重的猪。原来，杨喜林放猪，走着走着，一只狼蹿出来，一下子把他的猪给按倒了。

这一下，大伙的好心情都没了，本来挺好的一个猎场子，让一条恶狼给占了。大伙有人托起鹰，说："走吧，改场子吧。"

赵明哲不服气，他说："我去看看。"

父亲说："别去，那是一条疯狼。"

赵明哲态度坚决地对父亲说："给你鹰，我去看看。"

父亲知道拦不住犟脾气的儿子，就只好接过了鹰。赵明哲顶着大雪靠近了那边的深沟一看，是一条被人套住的狼。有一条腿上还绑着钢丝绳套子，但已瘸了。

赵明哲说："它是瘸狼，我下手！"

父亲不放心，说："不行，越瘸它越拼命！"

赵明哲说："谁让它占了咱们的鹰猎场子了！"

父亲怕他吃亏，气得说："你不听我的话，我不给你驾鹰了！"父亲是想"激"他一下子，让他回来。但赵明哲这个人，一旦定下一个决心要干一件事，谁也拦不住。

他从父亲手里接过鹰，对一块儿来狩猎的佟永亮说："哥哥给你，你给俺驾一会儿。"

佟永亮有点胆突突地，说："能行吗?"

赵明哲说："没事呀，咱们四个人呢!"

佟永亮接过鹰，赵明哲朝恶狼走了过去。

见有人来了，那狼有些发急，就有点按不住那猪，猪也趁机一下子蹿出狼的爪子，跑了。赵明哲奔了过去，狼把头埋了下来，装作别人看不见的样子，一动不动。

赵明哲往前看了看，当时那一带是四家子从前修水利扔下的一个大壕沟，下边有个土洞，可能是当时挖土放炮时人躲在里边的地方，狼就缩躲在那里面。

一时间赵明哲也有点儿打憷（害怕）。因为他是鹰猎猎手，对付狼，他还是第一次。怎么办呢? 后退是不行了，因这恶狼搅了大家的鹰场子，必须治服它。想到这里，他就慢慢地往前靠了上去。谁知，那狼"嗷"的一声，奔土壕跑了，真是鬼哭狼嚎一般。

这一带赵明哲常放鹰，他知道顺着这条大壕沟再走一里半地左右有个水卡（是当年准备放水下闸的地方），到那如呆堵不住它就完了。

想到这儿，狼在沟下跑，赵明哲就在沟壕上边跑，直奔那废弃的旧水闸处。

这时，佟永亮也怕伤了赵明哲，他把鹰递给了赵明哲的父亲，说："拿着，我去帮明哲一把。"随后，他也在壕沟上沿奔赵明哲跑去。

当时，雪大，土道壕沟不好走，不一会儿，赵明哲就满身大汗，棉袄棉裤都湿透了，但他还是跑得很快。不一会儿，他赶到了那个土洞子上方。他悄悄地往下一看，狼也正好赶到。

狼也累得耷拉着舌头。它把前爪一搭，竟然像人一样一瘸一拐地走着。这时，它喘着粗气，用屁股往雪地上一坐，并抬头往壕沟上的赵明哲看去。

它这一瞅，提醒了赵明哲。他找了一根小棍，把自己帽子摘下来，挑在上面，慢慢地一伸一缩。果然，狼不断地注意帽子的动静。于是，赵明哲就把挑着帽子的小棍插在了雪地上。

赵明哲躲到别处一看，狼还在盯瞅帽子方向。他对佟永亮摆摆手，示意他别惊了狼。

赵明哲顺手摸过一根碗口粗的棍子，从壕上爬过去，突然举起棍子，猛地照狼打去。只听"咔咔"两下，棍子断了，可是狼没咋的。

这时的赵明哲已什么都不顾了，飞身就跳了下去，正好一下子就骑在了狼身上，顺势用手掐住了它的脖子，同时捡起半截棍子一顿猛击，狼终于被打死了。

当天，他把狼背回家，扒了皮，做了一条狼皮裤子。从那，他空手擒狼的故事就在这一带传开了。

第七章
和猎人相处的人

在松花江上源一带，逢人只要打听养鹰的人，别人准会告诉你赵明哲这个人，在别人的眼中他是个啥样的人呢？

一、妻子眼中的他

赵明哲的妻子郑秀珍今年 54 岁，土城乡正通村人。说起她和赵明哲相识，这里面还有一个有趣的故事呢。她 18 岁那年上土城乡亲戚老阚家来串门，亲戚就说："给你介绍个人呀（指介绍对象）。"

她问："这个人是干什么的？"

亲戚说："这家祖祖辈辈都是养鹰的。"

她感到挺新鲜，就同意去看看。

在乡下，这叫"相亲"。她相的亲不是别人，正是大她四岁的鹰把头赵明哲。

相亲那天，人来人往，都是乡下屯邻来串门。于是她也帮着干活，喂鸡，收拾院子，烧火做饭。下晌客人都走了，赵明哲走进来问她："鹰饿着没有？"

她一听这话气得一口气跑回了家，回家趴在炕上就哭。她心里又气又恨，这个人哪，我在他家帮他干了一整天的活，他进屋不问我累不累，却只问鹰饿着没。

哭累了，她躺在炕上想着相亲的经过。突然间她悟到，这是一个挺有特点的男人。他对动物那么好、那么关心，对人也一定不会错，嫁给他吧。就这样，没过多长时间，她就和赵明哲成了婚。

现在，她已是三个孩子的母亲。两个儿子、一个姑娘也都成家立业搬出去过了，家里就她守着丈夫，还有丈夫的鹰。丈夫还是一门心思在鹰上，家里的两垧地，一切农务活和家务都是她管理。

园子里的所有青菜都是郑秀珍自己种下的，院子被她收拾得整整齐齐。农村人家天天离不开的大酱缸也是干干净净的，苞米楼子、柴火垛子也都是她自己一个人在打理着。不仅如此，她还要更加细心地照顾丈夫捕来的鹰。这每一样家务中，都体现出郑秀珍的勤劳、能干。而这些，她就是为了让丈夫安心地去捕鹰、驯鹰、放鹰。

有时别人问她："你嫁给一个捕鹰人，后悔过吗?"

她说："开始后悔。后来听人家讲，他从小就和老太爷学捕鹰、放鹰，还抓过狼，就觉出他是个能人，也就不后悔了。"

鹰在熬和驯时，每天都得驾。有时丈夫不在家，烧火做饭她都是驾着鹰去干，这已成了鹰屯女人的绝活。生活紧巴，有时几只鹰一天要一斤多肉，她和丈夫往往一个月也吃不上一口肉，却把肉留给鹰。她也心甘情愿，谁让她是鹰把头的女人呢。

有时，大女儿红霞从城里回来，一看鹰在屋，拉了尿了一地，就气得想把鹰扔出去，于是她就劝女儿："这是你爸的心上物，别给他动。我收拾，又用不着你们!"

鹰屯村落里的女人，都是一些了不起的女人，在她们眼里，丈夫简直就是一只骄傲的老鹰。

二、同行眼中的他

李俊义外号李三，今年32岁，是九台县其塔木莽卡乡人。他管赵明哲叫老哥。他和赵明哲认识完全是偶然的事儿。

那是几年前秋天的一个下晌，天下起了瓢泼大雨，李三正和父亲在院子里收豆子，就见门口来一个浑身破衣，却扛着一杆鹰网的人。当时，李三爹也喜欢拉鹰，就招呼："快进屋避避。"

进了屋一问才知道，来人就是鹰王赵明哲。因为这两个县，早已听过鹰王的大名，却没有见过人。于是李三当时就拜师，叫他老哥。

李三说："我老哥这个人家里缺什么都行，就是不能缺鹰，他是打心眼儿里喜欢鹰。鹰从山上拉回，要驯，要驾它才行。他一个人驯不过来，就让我老嫂（赵明哲妻子）给驾。鹰这东西，一不驾就闹。它喜欢让人驾在胳膊上四处走，每天的上午十点和下晌的两三点钟，都是驾鹰的时候，有时老哥上山，家里驾鹰的活就交给了老嫂。鹰闹的时候正好也是做饭、挑水、抱柴的时候，于是老嫂就被'逼'出了一手绝活——驾鹰烧火做饭。"

"老哥多次从山上回来，不问老嫂累不累，总是先问他的鹰遛没遛驾没驾。有时鹰没驾好，或把一两根鹰毛折了，他就骂老嫂，气得老嫂一顿哭。看妻子哭了，其实他也上火。"

"赵明哲一边喝酒一边劝妻子说：'我不对了，不该打你骂你，把你弄出病来，咱们这个家也没法过。可是，你也该想想我，我这么大岁数了，弄一只鹰容易吗？每天一出就几十里地，多大的毅力呢'说得妻子也只好转哭为笑。"

赵明哲拉鹰，李三深感佩服。赵明哲是眼手配合麻利。他设的场子，鹰就"哗哗"地下场子。现在拉鹰的人多了，鹰奸了，一般的都不下场子。但只要鹰从赵明哲设的场子上过，一般的都能"抄"住（擒住）。别看有时鹰也"走"（从网边上溜过），但只要第二次鹰回来，老哥网橛一打，准下来，这才叫水平。

有一年，李三的大哥李俊坤顶雪上山。

那时已经大雪封山了，场子上的雪一尺多厚，天冷得拿不出手。

李三的大哥刚钻进窝棚，一只白鹰就进了网限。李三的大哥一打网橛，"唰"一声，一只白鹰被罩在了里边。这白鹰，三斤二两，大爪根上一码白，全身上下没有一点杂毛，红红的嘴巴。这是典型的海东青。

赵明哲听说了，第二天就赶到李三的大哥家，死活要买这只鹰。李三的大哥没招儿，见赵明哲实在是喜欢，就送给了他。赵明哲也是讲究人，还给了600块钱。可是后来，他却把这只珍贵的白鹰送给了长春中科院研究所，让他们去研究和饲养。他就是这样一个人啊！

赵明哲家族是正宗的满族捕鹰八旗的后代，祖上专门干这个。从他的身手和养鹰的态度上看，那是个地道的捕鹰手，再没有人可跟他相比较。所以，李三说能当上他的徒弟，和他上上山，学学他拉鹰、驯鹰，以鹰狩猎，到最后放鹰，这是今生的偏得。

三、远方猎手眼中的他

有一个叫曹宏的猎手，今年 50 多岁，是安徽滁州市南桥区人民武装部干事。他从《扬子晚报》上看到一篇名为《长白山里一个神奇的养鹰部落》的文章，内容是介绍赵明哲和鹰之间的故事，他非常感兴趣，决定亲自来到鹰屯造访赵明哲。

曹宏也是在山里长大的，小时他也上山打过猎，因此就想和赵明哲学学技术，体验一下北方山林的狩猎生活。曹宏从安徽到鹰屯共有四千多里地，光火车就坐了 30 多个小时。他来那天，赵明哲上山了，赵明哲的妻子得知他是从安徽来的，感到非常吃惊，她从来没听说过这个地方。

赵明哲爱人问曹宏："有啥看的，从那么远来。"

曹宏说："大哥可有名了，全国都知道。"

下晚儿，赵明哲回来了，他冻得脸色发黑，一听曹宏从几千里以外赶来拜他为师，立刻烫酒招待他。他们谈了一宿，从拉鹰、驯鹰、狩猎、放鹰，赵明哲细细地给曹宏讲。第二天，他们又一块儿上山，亲眼见识北方用鹰狩猎，而且抓到两只野鸡。

曹宏说："这个鹰王为人忠厚，对远道而来的人非常热情，一点儿也不保留地把他掌握的拉鹰、驯鹰、养鹰、放鹰知识都告诉给了我，我没白来。我真正地了解和感受到了东北古时捕鹰部落的后人的风范。这真是一次难得的实践，我体会到了长白山里神奇的狩猎村落的生活，我感受到长白山的古朴和粗犷。"

四、作者眼中的他

为考察认证中国民间文化杰出传承人，作为本书的作者，我有一年的时间都和赵明哲在一块儿，认真体验他的生活，了解他的想法，我突出的感觉是他们生活得太艰难了。

他早已迷上鹰了。鹰捕到家，很多时候他喂都喂不起。那一年他家养三只鹰，每只鹰一天六两牛肉，三只鹰就需要一斤八两牛肉，一天光鹰食钱都没处出。赵明哲平时没什么别的爱好，就是爱喝点儿酒，可是下酒菜只是咸菜，那一盆牛肉是鹰的。有时实在馋了，从牛肉的边上片下一块，只一口。

冬天，他家买不起棉衣。可是上山遛鹰、狩猎，没有皮袄不行。

严冬驾鹰出门容易把人冻坏。在东北，猎户驾鹰出猎一定要选在快到中午的时候，这样可以缓解前一天鹰出猎的疲劳，最重要的原因是为了躲避北方的冻雾。

冻雾是长白山松花江沿岸一带特有的冻气。这是一种非常寒冷的雾气，它是透明的，天越晴这种气越寒冷。人虽然看不见这种雾气，但是却能明显感到它的存在，使得空气变得湿漉漉又寒冷无比。

这种冻雾往往在每天的后半夜起，人如果一早或头晌太阳没多高就出门，好似一下子掉进了冬天的冰洞里，头发和皮肤立刻被冻得梆梆硬，胡子眉毛立马挂了浓霜，寒气吸进肚里像一把尖刀扎进肠子，让人浑身发抖。人在这种冻雾侵袭下，时间长了，等不到老就瘫了。所以外出的人都尽量躲避冻雾时辰，可有些活计，如遛鹰和狩猎躲也躲不了。

于是赵明哲他们出门上山，都用一条厚厚的布或围脖、围巾，把头和嘴巴、鼻孔紧紧裹住，以免冻坏身上的关键部位。

每一个人都扎紧这种头布。破烂的头布裹在他们头上，只一会儿，霜便会从布的细孔生出，人的胡子、眼眉、头上都起了厚厚的白丝霜挂，像野外路边的树挂一样。

由于调查认证工作，我在他家吃住许多天，他又陪我上山和外出，我实在不好意思，就要给他钱作为酬谢。谁知他却说："大哥，我不能收你钱。你要实在给，上冬你给俺弄一件皮袄吧。"

他的话使我深深地感动了。看来他也是实在没办法了，这才向我张口，我当时立刻答应下来。我知道他生活太苦了，一切花销均要等到秋天地里苞米收下来，卖了之后才有现钱。当时他向我要一件老皮袄时，脸红得抬不起头。

这可能是他有生以来第一次求人向人索要东西。我望着他穿着的露脚指头的鞋，不觉有些心酸——这就是大名鼎鼎的"鹰王"把头？这就是有着400年家族传承史的著名满族捕鹰渔猎八旗的后代？

记得那年夏天，省里要召开民间文化杰出传承人命名大会，可他没有衣裳，为了开会，临出发前他现向村里人借了一件衣服去的。

我想如果国家能对这些民间文化杰出传承人有一个好的待遇，能改善一下他们现在的生活状况，那么我们国家、我们民族的优秀文化不是能更好地传承和保护下来吗？

接下来，我要去甘肃参加中国民协举办的全国文化产业研讨会，但心中一直惦记着猎人的皮袄。我把给他落实老皮袄的事定在西北的黄土高原，我想那里一定会有皮袄。

会议期间，我们去敦煌。第一个夜晚，宿在甘肃的武威。

经过一天黄土高原上的跋涉，夜里大家休息时，我和黑龙江省民协主席王益章立刻去街头用这有限的时间去寻找皮袄。我们先到的是一家卖军大衣的西北皮铺。听说我们要买皮袄，他们问："是拍电影用吗？"

我说："不是，是给一个朋友穿。"

他拿出一件军大衣。羊毛皮里，最后讲到380元买下了这件大衣。还得求他帮着给改一下，把外部拆下来，要等我从敦煌回来取。

可是细细一想，这却不是我和猎手心目中的那种真正的皮袄。回到驻地，我一直睡不实。我为世上竟然缺少真正的民间猎手穿的皮袄而伤心。我本以为在大西北在那出产羊的草原上不会缺羊皮袄。可事实告诉我，皮袄已经在消失了，可能抢救完鹰屯的猎手，就该抢救皮袄了吧。真正的皮袄在消失，一些人造的皮袄却开始出现在世上。真正的像样的皮袄哪里去了呢？真的自然的东西看来渐渐地消失。这不能不让人从另一个角度去认识到我们抢救鹰屯文化和鹰文化传承人的必要性，我下决心一定要给猎手弄到一件像样的老羊皮袄。

第二天我们去酒泉，车在尘土飞扬的西北戈壁滩上行驶，前面就是黄沙弥漫的玉门了，我无心看地上的黄沙，心中一直想着猎手的皮袄。与此同时，我不断和我的司机小曲联系，让他设法弄到皮袄。

没承想，在今天的乡下也不见这种"物"了。

他听我焦急的口气，就和妻子小董说了这件事，哪儿可以弄到皮袄。他的妻子终于想到，还是在几年前，听说住在乡下的弟弟洋子家里有两张羊皮，但已不知在不在了。于是小曲立刻和内弟联系，终于找到了这两张羊皮。可是，两张不够，按尺寸得四张。

这时，我在玉门小镇里寻找皮铺。玉门小镇已接近塔克拉玛干了。

草地在退缩，羊儿少了，骆驼开始渐多起来，皮袄仍然不见踪影。

这时候，小曲通过内弟，终于又在屯邻家掏弄到了另外两张羊皮。材料终于备齐了，于是考虑剪裁了。

谁会做呢？最后，这个重任还是交给小董的一个老姨的母亲。

在北方的寒雪快要飘落的季节，鹰文化传承人的皮袄终于缝制完成，我怕变天落雪，决定赶给他送过去。

那是一个还没落雪的寒冷的早上，我和小曲从省城出发去鹰屯。

到达时已是下午的三四点钟了。赵明哲上山遛鹰去了，他妻子也没在家，买粮去了。家里有鹰吃的，口粮却断了顿。天傍黄昏之时，一个人拖着沉重的脚步从山坡上走下来了，手上驾着鹰，来人正是赵明哲。

北方的寒风已把他的脸扫得漆黑，肉皮子紧紧贴在他粗壮的骨骼上，他显得又黑又瘦，样子十分疲劳，我都有点儿认不出他来了。

我从车里拿出皮袄，说："兄弟，试试！"

鹰王看了我一会儿，双手接过皮袄。突然，大颗的泪花从他被冻得干裂的、蒙着沙土的眼角滚落下来，说："哥哥，我不叫你曹老师啦！俺今后一定好好做，把咱们鹰的文化记下去、传下去！"

我的眼眶也湿润了。我觉得赵明哲背后的山川和土地都模糊起来。在这寒冷而沉寂的冬日黄昏，我在他身后的土地上似乎看见了庞大的马队，那是清太祖努尔哈赤的马队在奔驰，努尔哈赤手上的马刀在土地的上空飞舞。大雪飘然落下，一队老人顶风冒雪率领儿孙奔向这里……康熙时期、乾隆时期的御驾浩浩荡荡地停靠在赵明哲身后的江边，当苍鹰在哈哈大笑的皇亲贝勒肩头上飞起来时，无数的打牲丁和捕鹰八旗在冰雪中跋涉着，而高山石壁上那一具具干瘪的尸体悬挂在北方寒冷的悬崖尽头，任风吹刮着，飘荡着……

当今天平原上的夕阳落下去时，一片浓色的血红漫向北方，把代表着北方文化的传承者的身影也拉向了远方，一点点地，那身影渐渐消失在远方茫茫的冰河的尽头。

第八章
狩猎屯的狩猎文化

　　文化是人类在社会历史的发展过程中所创造的物质财富和精神财富，一旦渗透到人们生活的方方面面，说明它已成为真正的文化。

　　在鹰屯，一种鹰文化内涵普遍渗透在人们的生活形态中。

　　对祖先生活的纪念和尊重是一个民族的生存美德，尊祖祭祖，是一个民族一个国家的生存精神的重要体现。在鹰屯，祭祖活动时所体现出来的鹰文化就更加的丰富。

　　鹰屯现隶属吉林市昌邑区土城子满族朝鲜族自治乡，这儿的民族祭祀活动的主体内容就表现在对鹰的崇拜方面，其中最突出的就是"鹰星"祭。

　　这是村中关姓、赵姓等人家在祭祀时用的鹰星神图。

　　鹰星祭是萨满教活动中最为古老、最为原始的自然宗教活动，是对宇宙天穹间日月星辰等自然诸种现象的崇拜。

　　我国北方诸少数民族最早生活在北纬 36 度至 50 度之间的北温带，有些民族甚至要深入亚寒带以及以北的寒带地区生活与狩猎，一年冰雪期多达九个月，有时竟要生活在雪原的白夜之中。富育光在《萨满教与神话》中说："故此，远古初民希冀光明，企盼降火，祛祟避寒，在雪野冰域中得以养育生息。这可能是原始萨满教最早产生灵星崇拜意识的真谛。"

富育光在《东海沉冤录》中阐述，据满族民间著名的口碑资料和东海窝稽部中的一支满族先民女真人活动资料表明，星祭一岁两举，可单独祭星，亦可与祭祖合祭，而且各个季节各个时辰均有不同的内容和意义。

在往昔满族的星祭中，鹰神是主要祭祀的星神之一，满语为嘎思哈或达拉呆敏。它的形象是一只展翅的大型鹰，由双子、御夫、猎户、金牛、小犬、天狼、参宿、觜宿、毕宿、昴宿等组成，波江星座像一条绳索拴在这只大型鹰的左腿上。从初秋到冬季，每当夜晚的丑时、寅时，在西边的天空都能看见它的身影。

鹰屯族人对鹰星的祭祀包括祭祀祖先和祈求神鹰对族人精神生活给予一种慰藉，含有走出困苦，奔向光明，达到幸福平安的一种希冀。在这种祭祀活动中，萨满讲道："到处是白茫茫的雾气，到处是湖泊、踏头甸子。"于是，为了生存，人们就观察鸟的行踪，追寻候鸟的飞行路线，人类才逐渐向北方迁来。

这表明人类是通过观察鹰星，才找到了生存的方位。至今他们在鹰祭时，萨满还要走八字的"鹰步"、拐子步和锁链步。这是在表现着生活在这儿的民族曾经与鹰、与鸟有着深刻的生存形态和生存背景的联系。

在传统的祭祀活动和平常的生活中萨满的鹰舞，鹰屯中一条条可爱的小鹰狗，都表现了生活在这里的人的一种久远的鹰鸟文化的积淀和发展历程。

在鹰屯，只要人细心，鹰文化就会随处可见，而且只要你一呼吸，一股鹰的气息就会飘荡而来，给人带来无限的惊喜和兴奋。

鹰屯的每一天都是从鹰的气息中开始的。当夜幕渐渐褪去，天光渐亮的黎明来临时，空气中便有蹲在杠上的鹰开始亮翅时扇动翅膀带动风而飘散出的浓浓的羽湿气味。

那是一种山野的苍凉土味儿，那是一声古远的历史呼唤。在这茫茫的北方原野，这个小屯中的每一个捕鹰的物件，每一个流传的话语和故事，都会带给每一位接触它的人深深的触动，带你回到久远的岁月深处。

一、老家底

想要了解一个地区的文化、生活的独特性，最具代表性的见证就是工具。工具是人类征服自然和改造自然的伙伴，是人类自身生存历程的真实实践和记录。养鹰是一种独特的生存记忆，鹰屯人所使用的工具也是一个独特的文化类别。"鹰王"赵明哲家简直就是一座鹰猎文化博物馆。

（一）鹰架

鹰架，顾名思义就是供鹰来站落的架子。就像农耕人家拴马拴牛的马桩牛桩，鹰架在鹰屯随处可见。

鹰是一种喜欢在树枝树干上停留的动物。当养鹰人将它带回家，一定要为其修一座鹰架，以便让它每天在上面站一站、落一落。鹰架是由两根立木一根长木制成，可根据院落的大小来截制横木、横梁。如果院子大，也可以选择长一些的横撑；如果院落小，便可以在房角墙根一带设置小一些的鹰架。

鹰架的样式也各有不同，可以是木杆凿眼，穿木而制，也可以是木枝架绑在一起，形成古朴自然的架杆。总之是因人因地而宜，没有太严格的要求。

赵明哲家鹰架有两副，一大一小、一高一低，那还是他父亲在世时用过的。

（二）鹰网

鹰网就是捕鹰时用的一种专门工具，赵明哲家有三副。

这种网由两根架杆、一片网片和一个网拐子组成。网片的大小从2.5~3米不等，是与织渔网差不多的丝线织成后，挂在两根架杆上。两根架杆各有2米左右长，用时固定在山坡、山顶的树丛间，将网张开。

网通常挂在下风头的树丛间。网的一侧2米距离范围内，放一只野鸡或者扑鸽作为诱鹰的饵食。一旦鹰发现了饵食，当它扑下来时，藏在网另一侧地窝棚里的猎人在暗处一拉网绳，那网便会一下子翻扣下来，将鹰扣在了里边。

这种鹰网在鹰屯很普遍，几乎家家的猎手都有，都是自己亲手制作。而且，带它上山下山也轻便，是一种人人喜爱的捕鹰工具。

（三）鹰铃

就像人喜欢佩戴首饰一样，其实动物也是喜欢装饰自己的，鹰也是如此。鹰铃是绑在鹰的尾毛上的一种铃铛，它是由黄铜制成，每一枚有纽扣般大小。当鹰被猎人捕捉到家并开始驯化时，就要给它拴上两到三枚鹰铃。

鹰铃一旦系在鹰的尾毛上，它只要一晃动，尾部的铃儿便会发出"丁零零，丁零零"的响声，十分动听而清脆。这在鹰听来，完全是一种风吹来的自然的响声，使它感觉到自己还依然生活在大自然之中。在多年的实践之中，猎人摸索出这个规律，风铃风铃，铃如风，铃一响，使鹰处于一种不惊的状态中，于是好养好护。

再就是鹰尾系铃，一旦猎人驾鹰外出狩猎，当猎人发现了猎物，放出鹰去追时，猎人可以通过鹰铃声音判断鹰飞往的方向，知道自家的鹰飞到了哪片树林，哪座山岗和沟谷。不然，猎人就无法及时赶过去，从鹰嘴上夺回猎物，长此以往，驯好的鹰便会不听主人的话，等于让猎人驯鹰的功绩前功尽弃。

这是赵明哲家的一副老鹰铃。这些鹰铃都是他自己制作的，手法是从父亲和爷爷那里传下来的。别人问他怎么做，他往往幽默地说："一般人我不告诉他！"

（四）鹰绊

鹰绊是拴鹰的一种皮绳，用煮好的牛皮条来制作。

鹰从捕来那天起，就要"绊"上，这完全是为了鹰的安全。

平时驯时，鹰的腿上就要上"绊"，不然它们不等驯好就飞走了。掉膘的鹰飞到自然中，由于不熟悉自然情况而被饿死、冻死，这等于是猎人的失职。所以"绊"鹰，是为了更好地管理它、爱护它。

绊一般长2～5尺不等，根据驾鹰的具体情况的不同，使用不同的鹰绊。

鹰绊分为单绊和双绊。单绊是指一开始驯鹰，还没有放开活动时使用的工具，也叫单脚绊。双绊就是把鹰的双腿都绊上，在鹰已驯得听话多了，可以活动出飞时使用。

驾鹰时把绊各打在鹰的双脚上，然后归到一处，带它出发。这种"绊"又叫"山堂绊"，是带它外出狩猎、追击野物时使用。

一旦发现了野兽猎物时，猎人立刻"打绊"（把绊解开），让鹰追赶猎物。下山时再"绊上"（把绊系上）。这是为了给它养成良好的一个捕猎习惯，表明了动物与人的一种依赖关系，也是驯鹰人的一种能力。

这些都是赵明哲自己亲手做的，是他的传家宝。

（五）鹰袖

赵明哲家有好几个鹰袖。这是鹰猎人必须戴在腕子上的工具，因它像人平时戴的套袖，所以民间称为"鹰袖"。

鹰袖通常是由牛、马、鹿、狗，还有虎、熊、狼等动物的厚皮卷成。用时切割下半尺长的一段，卷成筒，皮朝里，毛朝外套在驯鹰人的手腕子上。

鹰的利爪有尖尖的爪钩，十分锋利。为了生存，鹰在捕捉猎物时，往往全靠它的利爪一下子抓进动物的皮肉里去，然后用利嘴去啄开动物的皮质，最后掏出动物的心脏。为了防止它抓伤人的皮肤、蹬破人的筋骨，养鹰的人必须要带这种鹰袖，这样不至于使鹰在不经意间弄伤人的身体和皮肉。

鹰袖用时，将毛翻过来朝外，不用时可将毛翻过去朝里。这样便于保存，不生虫子。

（六）鹰杆子

鹰杆子又叫鹰凳，是让鹰站着的工具，赵明哲家有三副。

鹰杵子是根据在山林里鹰经常站着的树木或岩石的形状制作而成的。它往往是用一块圆或方的木段（也有用一棵大树的中间截下一段），中间死心，然后在木段的正中挖出一个眼，将一根木棍插在里边。木棍有1尺多高，上面安横梁，这便是鹰凳。

鹰杵子主要的用途是供鹰蹬站和飞落。当鹰来到人家，由于它刚刚从大自然中走来，一些脾气和秉性还没有改变，人必须选取它在自然中的一些环境中的景物来使它熟悉并接受这个新环境。鹰杵子就是供它晚间在室内和主人生活时所站落的地方。

白天，鹰自然地来到户外，可以有鹰架供它飞落和走动，而鹰架大，搬不到屋里，只有鹰杵子可以由人自由地移动，去满足鹰的活动。这是人从自然环境中学回来的适应鹰生活的一种创造。

鹰杵子最好选取黄菠萝木质。因这种木，树皮发软，湿度和厚度都不伤鹰的爪。

（七）鹰拐子

鹰拐子是捕鹰人在山上必备的一种工具。

鹰拐子1米左右长，上头要有个横掌，很像人用的拐杖。它的主要用途是用来拴网下的鹰的诱饵。

鹰的诱饵往往是扑鸽。当把鸽子拴绑在拐子上时，捕鹰人可通过"拐绳"来掌握时辰，时而拉动拐子线，让拐子一起一落，这样也带动了鸽子一飞一落，以便逗引天上的鹰下场子。

（八）鹰紧子

鹰紧子是装鹰和活物的一种布袋。

这种布袋有大有小，大的有 1.5 尺长，6 寸宽；小的只有 1 尺长，4 寸宽，鹰紧子的大小主要是根据捕鹰人带的诱饵鸽子的大小或捕来的鹰的大小而决定的。

鹰紧子两边有口，口边的布沿里装抽绳。用时让鹰或鸽子钻进里边，然后在它们的膀头子一带抽紧系紧，再把后尾处抽紧系紧。这两个地方如系不紧，动物就容易起劲飞掉，或消耗自身的力气。

每一个捕鹰人家，都必须备好鹰紧子。赵明哲家有各种各样的鹰紧子，真是五花八门。

（九）鹰秤

鹰秤就是称鹰分量的用具。

秤是计量工具，平常用来称量东西的重量。而鹰秤就是专门称鹰的用具，是为了养鹰和驯鹰人及时准确地掌握鹰下山时的分量和驯好后的分量，这对驯鹰人判断"熬鹰"的进展程度有重要作用。

鹰秤与一般秤的不同在于它的底部不是秤盘，而是秤杠。

秤杠就是一根横棍，供鹰能站在上面就行了。

赵明哲家有两杆这样的老秤。

（十）鹰嘴子

鹰嘴子就是一种蒙在鹰嘴、头和眼睛上的一种皮套。它是由一块皮子制成，大小正好套在鹰的头上，鹰的鼻孔处开两个小孔，以便它喘息。

在鹰的头和嘴被套上后，要把鹰嘴子上的两条细皮绳系在鹰脖子上，以绑紧鹰嘴子，它甩时不至于掉下来。这种工具主要是方便猎人带鹰下山外出。

（十一）钢刀铁剪

赵明哲家有钢刀铁剪，钢刀主要是用来切割牛肉，铁剪是用来剪开黄鼬和地鼠的皮毛，都是给鹰准备食物时需要用到的工具。

喂鹰是很重要的一个环节。每一次喂前都要把肉切割成鸡蛋大小的一块或一片，现切现喂，以保持肉的鲜嫩，同时也掌握进食的数量。鹰屯里边的养鹰人家也要备有这样的工具。

二、流行在此地的语言

每行每业都有自己独特的行话。有的是这一行在业内使用的术语，也有的是对自己宝贵经验的概括。

鹰猎一行属于特殊的行业，这一行的行话也有，但不是太多，主要是在这些鹰屯行业人和鹰把头的口头上流传。

这里记录下的是猎手赵明哲平时惯用的一些行话术语。

草开堂——秋霜下来，草枯黄死掉，旷野上清爽亮堂起来。

躲茬——鹰没驯好，反而不听话。

亮翅——鹰扇动自己的翅膀。

拿食了——可以去放猎了。

嘎鹰——怕人的鹰。

生鹰——没驾（驯）过的鹰。

成鹰——已驾过驯好的鹰。

拿压子——里外膘撤得太狠了。

操食——指鹰不落场子，光是上下飞。

骑鸽子——按住了诱饵。

闹架——鹰在架上不安稳。

跑山的——放鹰的。

歇爪——指鹰一只爪站着，另一只爪蜷缩在毛里取暖。

抖拉毛——也指亮翅。

吞轴——指鹰吞吃用肉片裹着的麻团。

压轴——用手摸压它的嗉子，让鹰快些甩轴。

甩轴——指鹰吃进去用麻做心的肉片后往外吐麻团。

杠嘴——鹰把自己嘴上的东西擦一擦。

闹瞎——草太厚的沟子。

一手——放一次。

二手——放两次。

带轴——已经吞过肉片裹麻的鹰。

养爪——鹰一会儿换一只爪站着。

松毛了——没有野性了。

上茬——上瘾的意思，指一门心思去干一件事。

三、流行的说法

（一）季节与鹰

二八月，

过黄鹰。

在东北，二月末，鹰从各山各丘陵地带开始撤走，回长白山的原始森林里去。因山里树林整齐，便于捕食。而这时的丘陵一带沟沟岔岔都是低树矮枝子，不好扑食。更重要的是，它们到林子忙着生儿育女，繁衍后代去了。

到了八月末，该它们又到丘陵地带来的时候了。因为六七月间，小鹰孵出来，已经会自己打食了，所以大鹰又可以到处飞了。

所以"二八月，过黄鹰"是指一年当中的这两个月在松花江鹰屯一带山坡和丘陵到处都可看到鹰飞来飞去。这是拉鹰（捕鹰）人总结的经验。

拉鹰之一

手疾眼快，

听得明白；

不等落场，

麻利开拽。

这是赵明哲形容在鹰窝棚里拉鹰时的心情和体会。

拉鹰之二

你越慌，

它越跑；

只要"够"高，

你就拉绳！

这也是指在窝棚里拉鹰时的经验。指捕鹰人根本看不清场面的情况，全凭积累的经验去判断是否该拉动网绳。

驯鹰

膘大扬飞瘦不拿，

手劲不到就躲荐。

这是驯鹰谚语，意思是当鹰从山场上捕回来后，先要观察它肠油多不多。肠油多了，叫"膘大"，这时，要不断让它"扬飞"，以训练它保持能狩猎的功夫，让膘不大不小。

"瘦不拿"，指在训练的时候过了火，把膘驯小了，称为"拿"。躲荐，指人把鹰驯皮塌了，能飞起来，但不玩活儿。这两句是指猎人一定要将鹰驯到膘不大不小。

（二）打鹰古歌

亚哥鸟春（满语）

亚哥

亚哥

刷烟音达浑亚鲁木比

亚哥耶亚哥

勒勒色珍格赊

妞欢莫德利都林巴扎克达亚哥

震绰衣沙延加浑

144

苏洼乐莫比亚哥

亚哥耶亚哥

亚哥

亚哥

刷烟音达浑布鲁克

亚哥耶亚哥

勒勒色珍格赊

妞欢莫德利都林巴扎克达亚哥

扎其震绰衣沙延加浑

苏洼乐莫比亚哥

亚哥耶亚哥

亚哥鸟春（译文）

亚哥耶，亚哥。

寻找俊美的白鹰，亚哥，

亚哥耶，亚哥，

勒勒车像绿海中之舟，亚哥，

黄狗引路，亚哥，

亚哥耶，亚哥。

亚哥满文原版

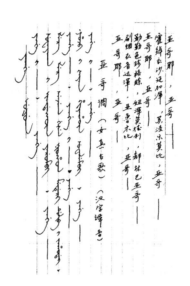

亚哥耶，亚哥

霍绵长沙延加畔，发注水莫比，亚乎

亚哥耶，亚哥

勒勒色珍捺嫌，短薄莫任利

创细弘音延畔，亚吾木比，亚哥

亚哥耶，亚哥

亚哥调（安春古录）（汉字译音）

图 22　满文亚哥之一（富育光记录）

图 23　满文亚哥之二（富育光记录）

亚哥调原版

图 24　亚哥译文原版（富育光记录）

这是一首古老的女真族打鹰人的古歌。由郭果洛美容诵唱，富育光老师的父亲富希陆整理，富育光老师保存。年代已十分的久远了。

许多人问赵明哲："你一天天的地不种，菜不种，家里什么事也不管，就是冻得又黑又瘦天天上山和鹰在一起，你这是为了什么呢?"

他说："满族人没法，这叫傻狗撵飞禽，就得留下来干这一行的。谁让留下来? 祖上，祖宗呗，所以走不了啦，就得在长白山里待着，苦也得受，罪也得遭。现在已不许打猎了，鹰也是二级保护动物了。我捕鹰，养一阵儿，再放了它，主要是为着留下祖先的记忆。"

祖先的记忆，那是一段悲苦的记忆，也是一段珍贵的记忆。

这不单单是赵明哲一个人的记忆，应该是我们整个民族的记忆。

现实生活的巨大变化正在促使鹰文化迅速消亡，这已经是迟早的事了。可能未来的某一天，人们再也想象不到一个鹰猎村落人生活是什么样子，鹰屯是什么样子，捕鹰的人是什么样子。怎样才能既不伤害鹰又能保住这种古老而又珍贵的文化形态呢？唯一的办法就是像冯骥才说的那样，快些将这个文化贮存起来，记录下来，定格在历史的空间里。

我仿佛听到历史老人在嘱咐我们说：留住人类珍贵的记忆吧！别忘记那个又黑又瘦的猎手——赵明哲。还有那个中国的北方曾经有的故事。

下篇 狼

第一章

去调查狼

站在北方寒冷的荒野尽头，我与一个狼的故事不期而遇。开始，我以为这是一个平常的故事，可当我进入故事里时，才发现东北的荒原狼和草原狼已成为人类生存背景的重要组成部分。那是一个让人深深震撼和感动的事情。在这里生命和自然紧紧地依赖着，构成了一个整体。

在东北，狼叫张三，这个名东北人从小就听说了。婴儿在悠车子里嗷嗷待哺时，就是听着这首有关张三的摇篮曲入睡的：

> 熊来了，虎来了，
>
> 张三背着鼓来了，
>
> 正在门口看你呢！

东北的孩子，多半是被这种摇篮曲吓睡的。张三怎么就是狼呢？狼为什么叫张三呢？我曾经不止一次地问老人。

有个老人告诉我说，从前有一个人叫张三。有一次，张三到别人家去做客，走在半路遇上个老头儿。

那老头问："张三，干啥去？"

张三说："上礼去。"

老头儿说："肉好吃不？"

张三回答："当然好吃。"

老头儿说："那你把四喜丸子给我带回一个呗，我亏待不了你。"

那时坐席都有四喜丸子，是硬菜。到了席上，张三一见上了四喜丸子，想起半路上遇到老头儿的事，就把这事一五一十对大伙说了。又加了一句："丸子这么香，谁给他。"

大伙一听，都七嘴八舌地说："张三，这你就不对了。人家老头儿那么大年岁了，张一回嘴不容易。好，我们都不吃了，你就都给老头儿带回去吧。"

于是张三实在没办法，就找个倭瓜叶一包，把这几个四喜丸子带走了。回来走到十字路口，那老头儿真在那里等他。

老头儿说："带来啦？"

张三说："我一口也没舍得吃，全给你带回来啦。"

说着递过去。老头儿接过菜叶包，打开来看，几口就吃下去了，还不断吧嗒嘴，一副没吃够的样子。

老头儿问张三："肉香不香？"

张三说："当然香。可是俺舍不得吃，都给你了。"

老头儿顺兜里掏出一条小手巾，对张三说："我也没啥感激的，送你一条小手巾吧。今后你要想肉吃，就把小手巾蒙在头上。"

说完把小手巾交给张三走了。

自从有了这条小手巾，张三真就有了肉吃。每当一馋了，他就把小手巾往头上一蒙走出家门，就会看见一堆堆肉，尽情地吃饱回来。一来二去，人们传说张三会变狼。这一年，张三的妹子回家看爹娘。然后，张三送妹子回她乡下的婆家。走着走着妹子说："哥，人家都说你会变狼，这是真的吗？"

张三说："快走道吧。"

妹子撒娇，说："不变俺不走！"说完，假装生气坐在一棵大树下。

张三心想，变就变。于是掏出小手巾就蒙在头上了。他低头一看，脚下一堆肉，于是就吃了。吃完摘下小手巾一看，妹子没了，只有妹子的一个小布包，放在树下。张三心想，一不做，二不休，于是蒙上小手巾，转身回家了。进了院子四处张望着。

他见爹在园子里摘豆角，上去把爹吃了。

他见娘坐炕上纳鞋底，上去把娘吃了。

张三从此小手巾也不摘了，他奔向草原和荒野，从此成了狼。所以人们管狼叫张三，管张三叫狼：是说它吃红肉拉白屎，转眼无恩。

还是在几年前，姜戎先生的《狼图腾》还没问世，我就听说在东北有个叫命字井的地方狼特别多，那成群的狼经常袭击村庄和农户，被狼咬死的人无数，而且有一个人，他8岁和爹上草原，亲眼瞅着狼把爹咬倒，咬伤，十几天后，爹慢慢死去，从此他发誓，一定要杀净这群狼。

于是，我产生了一个想法，对调查狼有了兴趣，想去拜见一下那个8岁亲眼看着爹被狼咬死，今天已经是60多岁的老人——何景海。

他的爹被狼咬了之后，又怎么样了呢？他后来是怎么将这只狼打死，给爹报了仇的呢？

第二章
故事已打开

天一亮，我就起来了。

当地的作家、我的好友孙正连给我找来了棉衣、狗皮帽子，还特意牵来了马。我俩一人骑一匹。

当时在北方，交通十分不便，而且我们要去的地方都是这一带湿地和泥林的上上下下的小路，车不能走，坐爬犁那年雪又小，爬犁走不了，只能骑马。我们骑上湿地一带的蒙古马，非常威风地出发了，直奔狼出没的村落。

我们要去的，就是离大不苏40多公里远的命字井村，这儿住着一辈子和狼较量的村民何景海。当我们风尘仆仆赶到那里时，天已是下晌。这个村里姓赫姓何的非常多，都是一些本家。他们听说我是来听狼的故事的，他们便说，这儿最多的就是狼的故事。我们告诉他们说，我们不光想听故事，还想看看狼的实物。他们说，有哇，先看看狼皮吧。老乡们一个个地从仓库里拿出一张张的狼皮，于是我们就开始拍照。

在狼已消失殆尽的今天，有狼皮的人家也不多。但在这一带，你只要一打听谁家有狼皮，往往会有许多人指点给你：去吧，到某某家，准会不让你失望。

那是一张张真正的上等的狼皮。

暖暖的狼毛，柔软的皮张。

当人们将狼皮捏在手里时，人往往会浑身发麻。你会立即想象到，这一张张的皮，都是从一条条凶恶的狼身上剥下来的，我拿着狼皮总觉得浑身很不自在。但是当地人却没有这个感觉，他们拿着狼皮时，总是笑眯眯的，仿佛很幸福和愉快。

瞧，景海还"握"着狼爪呢。

那就像握手，是和狼在默默地握手言和。

他们都是一些什么样的人呢？他们是否有一种生存的特异功能呢？

合完影之后，天渐渐地暗下来。赫国华猎手家炒了菜、做了饭，我们决定住下，因为夜里，我们要听故事，狼的故事。

吃完了饭，我们都坐在他家热乎乎的火炕上。外面，冬夜的风在呼呼地吼叫，地上炉子上的开水在哗哗地响，他家的墙上的老钟在一下一下地敲打，于是，何景海的故事一下子把我们带进北荒草甸子那久远的记忆之中去了。

说起来，那是很久很久以前。

那时，何景海8岁，小名何锁子。

现在他60多岁了，人们可以想象那是多么久远的事情。他现在有一个感受，每当见到地上灰蒙蒙的碱土，他的眼中就充满了思念的泪水，想起了爹。

草原记载着爹和狼的故事。一棵棵草，就是一个个文字，草甸子是一部大书，后人该去很好地读它。但谁又读得懂草地上的那些神奇的文字呢？

　　这些事他很少提，因为这是尘封在他心底的伤痛。但是今天，他要把多年的伤痛展示出来，这不是一种残酷吗？何景海喝了一口赫国华递上来的老茶水，眼中噙满了泪水……

第三章
爹入狼口

他说，俺们这一带，就是人称的北荒草甸子。

茫茫野原，荒无人迹。

早春，雪开始变颜色。

过了三月份，冬雪不那么洁白了。

白色不知从什么时候开始渐渐褪去。一层灰蒙蒙的雪沫悄悄地覆盖在荒原上。

荒原没有边际，它日夜和天边连在一起。接着，春风一起，野草开始疯长。疯长是指草儿长得快，几场春雨，草的叶子就变得宽宽的、绿绿的。夜里，草的颜色变成黑绿，早晨顶着露水，就像嵌上了一层水晶。厚厚的叶子，羊和猪都特别爱吃。

当时，他家很苦，人力也单薄，他就给村民们揽猪放。早上把各家的猪集中起来，由他赶到草甸子上去；黄昏时赶回村子，一家家的给人送回去。这事挣不多少钱，到秋各家给点粮食，算工钱。

草甸子上的荒草，看上去一片深绿，多么可爱的草甸子，但是，那是一些可怕的野甸子，因为那甸子上有狼。

狼不管你是啥，就要吃你，它们在这片甸子上咬他的父亲，他看得清清楚楚，一百年没经着过，叫他父亲摊上了。

村里有个老毕头，他也揽猪放。

到草甸子上去，都想有个伴。

那天，毕老头就对何景海的父亲说："让何锁子去，和我一块儿上甸子吧。"

平常都是各放各的。

再说，那时这一带地广人稀，村里平时人也少，看不见闲人。孩子从小就参加劳动，小孩算半拉劳力。可是放猪是包下的活，挣多挣少都算自个儿的。

"让他去吧。"爹想，儿子和老毕头去，也有个伴。不然茫茫的荒甸子上，爹也惦记他，毕竟他才是 8 岁的孩子。

于是在一天头晌，他和老毕头赶着猪群上了甸子。

远远望去，大草甸子无边无沿的，这是一处多少辈子的人在这儿生活的老草甸子呀。

那时是初夏，青草二尺高了。老毕头说："咱们上北甸子吧。"老毕头是大猪倌，早先民国时他是个教书的先生，后来老了，就放猪了。他说上哪儿，就得去呀，于是他们赶着猪，溜达溜达就去了。

猪不多，40 多头，大小都有。

老毕头带着一只花狗，是猎狗的种。

北甸子是湿地的北端，塔头渐渐稀少后，这儿草又漫又厚。碱片儿不大，时而闪露出一块，接着便被厚厚的草块连上了。猪在草甸子和碱不拉之间走动着。

"你在碱片北沿。"老毕头吩咐道。

"行。"何锁子答应着。

老毕头和花狗留在了碱坑的南沿。

大约快到晌午头了，何锁子正趴在草地儿高坡上，就听老毕头喊："何锁子，你过来!"

何锁子过去了。离老远就听花狗咬，问："干啥?"

老毕头说："花狗一劲咬! 咱俩在一块儿待一会儿。"

何锁子自言自语说："它咬什么呢?"

老毕摇摇头说："不知道。"

这时，花狗也靠在他们身上。它身上的毛已是湿漉漉的，而且不断地颤抖。

其实，那时他们不知道，花狗是发现狼藏在深深的草中。狼的皮毛颜色在草甸子中很容易隐藏，人眼看不出，而狗能嗅得到。

其实这时，狼已离猪群两三米了。

花狗突然站起来，咬一声，立即坐回何锁子身上。

何锁子一下看到，在草丛里，有一双眼睛，仿佛是一只大狗，耳朵竖竖着，头毛很长，冷冷的目光瞅着这边。

何锁子说："一条大狗!"

老毕头问："在哪儿?"

"在那儿呢。这大狗，得揍他。咬小狗。"他8岁，还不懂狼，也不知怕。但说话声已发抖。

老毕头也看到了，他当时也没想到这就是狼。人整天在想着可怕的事情，可一旦可怕的事情来了，却往往忘记了身在其中的感觉，这就是人们常说的"后怕"的缘故。

他俩同时站起来，用放猪鞭去打。他一下，何锁子一下。每打一下，那东西一龇牙。

他们的放猪鞭，是一根木杆，一边一条麻绳，麻绳的一头，拴一个鞋底子，是农人穿破的旧鞋。

一打，那玩意儿往后一退。

老毕头喊："不行不行！它离猪群近了。"

当时他们不知道怕，只担心着猪。

老毕头已经年岁大了，他站住，喘着粗气。何锁子也站住了。

这时，那玩意儿已经混到了猪群里。突然间，一只老母猪和一只"跑卵子"（老公猪）发威似的扑上去，把那玩意儿按在地上了。没想到，动物还有这本事。

猪哼哼地吼着。

那玩意儿鼻子紧紧地，也噜噜地吼着，这时老毕头忙举起带鞋底的猪鞭去打，猪一躲，那玩意儿一下起来，跑了。

这时，花狗已站在碱地的高坡上咬，听到动静，一帮人赶来了。何锁子爹骑着马也赶来了，喊道："那是狼啊！"大伙七嘴八舌地议论。

"什么？"

"狼。"

大伙的语声都在发抖……

何锁子也是第一次看到人们谈到"狼"时的恐惧。他心底又奇怪，狼不就是方才的样子吗？

这时，宋老七说："快看！草在动！"

那边是张秋人家的一窝小猪羔子，看着草梢子在动弹，草原上的人有经验，那是狼一跑一过时，一下子把一个小猪羔子给叼走了。这一招叫顺手牵羊。

老爹说："把鞭子给我。"

何锁子说："你干什么?"

他说，我把狼撵跑，你们好在这放。

爹接过鞭子走进草丛。

何锁子看看别人，别人往回圈猪，他于是紧紧跟着爹走去。这时候只有他会想着爹。

草并不深，可以看见狼叼着猪的背影在草梢皮儿上晃动着。他跟爹走一会儿，爹一举鞭，叭喳一鞭，狼一蹦；一会儿，爹又一扬鞭，叭喳一鞭，狼又一抖。

就在这时，何锁子看见：

狼，把猪羔子按在地上，咔哧一口，猪羔子不动了。它把猪羔子扔下，奔爹来了。

它先是往前走走，低下头，眼皮往上翻翻看何锁子爹一下，就头一甩往后退去，足足退了有两间房子那么远，突然腾空扑过来。老爹那年才40多岁，身子一动，狼"唰"一下子从爹头上过去了。

狼落地，又回过头，还是往后退去。何锁子以为它是要退，可是它龇着牙，哼哼叫着又盘旋腾空扑过来，转眼间两爪已搭在爹的肩上。爹一栽歪身子，它又过去了。

这时，何锁子看见，狼的眼睛已经红了，像两盏红灯笼般。

头两回，它是平着身子奔向爹，这时它回过头时，何锁子看见，它嘴里滴着白沫，站起来往后退去，接着，又腾空了；这一回它是两脚着地，立起身子扑向爹，用两只前爪掐住爹的脖子。那速度快极了，像闪电般。

爹也掐住它，同时倒在地上。

狼起得快。它翻起身，上去就一口。爹脸被叼开花了，不见血，只见白花花的骨头。

爹无力地撒开了手。狼哼哼着，叼起草地上它咬死的猪羔走了。

"爹——!"何锁子大叫一声，奔上去。

何锁子扶起爹。一看，爹脸上的皮肉耷拉着，还是一点儿血没有，骨头白白的，真让人奇怪。

怎么没有血呢? 8 岁的何锁子想。

只有抓坏的口子，奇怪透了，血呢?

爹什么也不说。只是捂着脸往回走，不断把脸皮扶上去……

何锁子跟在爹身后，一步也不离他。

没等进村，许多人已等在道边。

消息怎么传进村的，谁也不知道，反正是一群人等在那儿看热闹呢。

"啊呀，这是他吗?"

"脸怎么会成这样子呢?"

"吓死人了……"

许多人堵住爹的路，前后左右问这问那，爹一言不发，不断地把脸皮扶上去，盖住裸露在外的上牙床，往村里跑去。

何锁子只是哭，顾不得解释事情的经过。

这时，远处传来娘的叫声:"何锁子! 你爹咋样啦?"

娘发疯似的扒开人群。一看爹的样子，她大叫了一声："天哪！"

娘一下子昏倒在地。

人群里走出管事的二大爷。他喊道："还站在那干什么？快把人抬回去！"

人们七手八脚地抬起娘、推着爹、拉着何锁子，涌进了他家的院子。

何锁子爹被众人扶着躺在家里的炕头上。

那时，草原上的人穷，没有人能请起医生买起药的；而且，何锁子爹脸上的伤也不出血，只是抓烂的肉像熟了一样堆在脸上……

可是，何锁子爹脸上的烂肉散发出一股刺鼻的臊味儿，让人实在受不了，无法靠近他。

万事都能拿主意的二大爷，喊道："快，舀上一瓢大酱……"

于是，娘抹一把眼泪摸起瓢向院子里走去。

在东北乡下，大酱是农家的万事之宝，没有大酱，农人简直无法生活。

酱不单单是为了吃，特殊情况下还是一种"药"。

在东北的乡下，谁家人手被烫了，或碰破了皮，或水肿，腐烂什么的，往往就上一点儿大酱来治愈。

乡下人相信自己的大酱，认为它是万能之宝，事实也真如此。

有许多伤病，特别是一些碰伤、烫伤之处，涂上自家下的大酱，伤口果真一点点好了。

这是因为，酱里有盐，能够起到一定的杀菌作用。这也许是老一辈人的生存经验，是他们自己摸索出来的。

何锁子娘将大酱舀来时，二大爷正在观察何锁子爹。

他发现，何锁子爹脸上的皮开始打卷卷。

一开始时是整张地脱落下来，现在这皮卷成一团一团的小肉蛋，圆圆的，缩成一个一个小肉球。

而且，小肉球眼瞅着在发黑、变色，散发着刺鼻的臊臭味儿，叫人恶心，上不来气。

二大爷还是按着以往烫伤的老经验喊：

"上——酱——"

何锁子娘颤抖着递过装酱的葫芦瓢。

二大爷二话不说，把手插进瓢里，抓了一把，一回身抹在何锁子爹的脸上。

何锁子爹"嗷——"的一声，一缩身，靠在了墙角上。又大喊："我渴！我渴！"

何锁子娘舀来一瓢拔凉的井水。

何锁子爹咕咚咕咚喝下，又要。

何锁子娘一连舀了三瓢，何锁子爹都喝下，但还要，还喊渴，并嫌娘舀得慢。没办法，何锁子娘只好用大盆端来一盆子闪亮的井水。何锁子爹又咕咚咕咚地喝了下去。

这时，何锁子爹抹了一下嘴巴子，突然喊：

"锁子……"

何锁子回答："在这儿呢。"

他爹说："你过来！"声音不太清，似一种叫唤。

何锁子不知为什么，浑身有些发抖；特别是见脸上抹着大酱的爹，怎么有些异样，而且，在他抹着黑黑的大酱的脸皮下，龇出白花花的牙，叫人感到恐惧。

"我，我……"何锁子往后退去。

他爹叫道："你——过——来——"

突然，何锁子爹嗷嗷地叫起来。声音是这样的：

"你过来——嗷嗷——你过来——嗷嗷——"叫声让人惊恐万分，仿佛是一口口地在呛风。

分明是狼在荒野上的叫唤。

屋里的人全部惊慌起来。二大爷手中的装酱葫芦瓢"叭嚓"一声扣在炕上。一些人一见他手中的瓢掉了，于是一个个瞪大了惊恐的眼睛纷纷跳下炕去，夺门而逃。更有的人干脆推开窗棂，从炕上的窗子跳到外面去，生怕逃慢了……

"不好啦！老何头疯了！"

"变狼啦！"

"一会儿，他准咬人。"

人们说啥喊啥的都有。

"都给我站住！"二大爷大叫一声。

二大爷是村里的头人。平时因为他岁数大，而且说话有威望。领头干事是一呼百应的人。可是眼下，他喊的什么也没人去听，屋里的人已跑得干干净净，只剩下何锁子和何锁子娘，还有站在炕沿边上的二大爷。

何锁子爹虽然像狼一样地不时地叫唤两声，但他仿佛怕人。他每发出狼的一阵叫喊之后，就跟着往炕里的墙角缩，仿佛要挤进墙缝里去。两眼

166

直勾勾的，总瞅一个方向，双手吊在脑前，做出随时准备扑人的样子。

这可怎么办呢？

草甸子已多年没发生这类事情啦。

有几次，草甸子人被狼咬，不是当时死就是当天就死去，没有人疯过。老毕头当天也让狼咬了，但是他当时就死了。毕家人悲哀的哭声，不时地传出来，增加了全村人的悲痛和恐惧感。

可是，何锁子爹的样子更让全家人发愁。

二大爷手端烟袋在地上来回走动着，想着"对付"爹的主意。跑的人有的回来趴在窗外瞅着他手里的烟袋锅上飘出的烟圈，希望他拿出一个好的主意来。

有几次，二大爷想离开，何锁子娘急了，她喊道："他二大爷！你不能动；你一动，我们咋活？"

二大爷立刻点点头，说："不动，不动。"

何锁子娘："千万千万！"

二大爷点点头。

何锁子打心眼儿里也是怕二大爷离开，这是他希望他们屋子里人越多越好。二大爷也火了，他把逃走的几个人又骂了回来。这时爹哼哼两声，接着，他又喊饿。

新焖的黄米饭，娘端上一盆，用碗给他去盛。但他等不及，用手抓饭往嘴里送，一盆饭没就菜，他竟一个人吞了下去。

没有别的办法，二大爷不断地让人将大酱往爹的脸上抹，他是想希望这种神奇的大酱能救活爹爹呀。抹呀、抹呀，人们站在地上，远远地观看。

天渐渐黑下来了。二大爷他们走了，说去找人。

屋子里就剩下何锁子和娘，人家也不能总不离开。

娘给爹在炕头上铺下一条褥子，让他睡。可爹，非得逼何锁子靠近他。

爹喊何锁子："何锁子！"

何锁子问："干啥？"

他说："挨我睡。"

何锁子说："我不。"

他说："我咬死你，你不来！"

何锁子想，怎么说，他也是俺爹爹。他从小将我养大，他是为了救猪，才让狼咬伤的。现在他是在病中，他虽然尽说一些糊涂的话，但他毕竟是我爹爹呀，无论如何应该原谅他的过错和不周。人生在世十事九不周。这是他以前经常挂在嘴上的一句口头禅啊，想到这里，何锁子只好跳上炕去，何锁子决定和这"变"了狼的爹一块儿睡，而且挨着他。

娘含着泪，但又有些不放心似的往外走，她去南屋睡。

"何锁子，你一定多加小心。"

"记住了，娘。你走吧。"

"他，你爹现在是个疯人，你别怪他……"

爹可能是嫌娘啰唆，于是冲着她"嗷嗷"地怪叫两声。娘赶紧走出去了。

就这样，何锁子挨着爹的滚烫的身子躺下了。

何锁子挨着爹，他想着这是俺的爹爹，尽量让心中的一切烦恼和不愉快散去，尽量想再过上几天，爹就可以好了，像从前一样爱他、疼他。

迷迷糊糊之中何锁子觉得和爹走上了草甸子，依旧是去放猪。他和爹每人举着一根赶猪鞭，那种鞭依旧是一根棍，一条长长的绳，绳的一头挂着一只破鞋底子，他们向草甸子深处走去。

爹说："何锁子，你要留心，这个季节，蒙古狼多。"

这个地方的人管从湿地西边台地一带来的狼叫蒙古狼，因过了台地蒙古屯落多起来，台地是个分界线，这边汉族的屯落多。

何锁子问爹，为什么春季蒙古狼总过这边来呢？

爹说，蒙古人相信狼是长生天（老天爷）派遣下界的神的使者，所以轻易不打狼。但是春季羊正是下羔的时候，如果这个时候狼胆敢吃羊，蒙古猎人们对狼也不客气。他们会用老枪去射击它，用猎狗追击它，用套马杆套住，骑马拖死它。因此春季的狼往往越过湿地台地，到汉族屯落一带的草甸子上来。这是这儿狼多的原因。爹还说，这些狼还喜欢吃这一带的牛羊。

这又是为啥呀？

何锁子的问题，使老练的爹笑了。爹经验丰富。

爹告诉他，这一带属于盐碱地，人称碱巴拉，地上长一种草，叫碱草。春天的碱草，叶子肥厚，绿绿的叶儿上蒙着一层白霜似的碱。羊儿和牛吃了这种草，它们的肉长得鲜嫩而瓷实，狼吃起来，味道很香。

何锁子笑了，爹说得真是有趣极了。

何锁子问："这都是真的吗?"

一切都是真的，爹说，这是个老问题，这一带的人也都知道这个理，聪明的狼怎么能不懂得这点呢。

在生活中，人是离不开盐碱的，吃了这种牛羊肉，人等于增加了盐碱一类的矿物质，这是一种天然的绿色食品。于是狼也懂得这一点。绿色，天然，营养，健康，谁不懂呢。

这也许是湿地台地一带狼很多的原因。狼可能是觉得这一带的人肉、鸡肉、牛肉、羊肉，味道好极了。

快近晌午了，爹从草地上站起来，让何锁子回去取饭，并一再叮咛他，走在草地上一定要小心，有什么动静也不要回头，特别是有人喊你的时候。

何锁子离开爹，一个人往回走。

春末夏初的北方的草甸子，那么宽阔，无边无际，而且四野静得出奇。方才和爹爹在一起的时候，他还能听到猪们吃草的"咔哧咔哧"的声音节奏，很好听，也不使人寂寞。可越静的时候越能听到自己的脚步声，并且总是后怕，总觉得背后有什么跟着你。

那可能是爹爹平时给他讲的故事。说人在外行走，特别是一个人走在草甸子上时，往往走着走着，就会突然听到有人叫你。

叫你的名字，而且往往是小名。

小名是人的乳名，记住人的小名的人，一定是你最亲近的人。于是你就回答了。可是当你一回答，你就会"呼"的一下子，身上像一张纸片一样，飞进那说人话的怪物的嘴里去，因为你答应它了。

这种古怪事就像今天的人们提起鲁迅先生讲的"美女蛇"的故事一样，但草甸子上这种叫人名的怪物的故事往往更可怕。

越怕听到什么动静的何锁子，这时突然听到背后传来嚓嚓的响声，这是什么踩动草甸子上的草茬的声音。他急忙停下，回过身去察看。

但是草丛静静的，什么也没有。

太阳高高地悬挂在头顶的天上，蓝蓝的天空，飘着几朵白云。绿草静静地立着，甚至连一丝风都没有。

何锁子回过头，又继续赶路。

村落远远地在地平线尽头，看着很远，仿佛在天边上生成，这时他觉到了孤独的可怕。走到这个份儿上，爹也离着远，家也离着远，他太孤单无援。

突然，他又听到了声音。这回绝然不是错觉。一阵嚓嚓的走草的声音过后，他觉得有个东西在他身后停了下来。顿时，他觉得浑身发麻，头发立刻竖了起来，神经紧张到了极点。而且，他感到有一股一股的热气直对着他的后脖颈子喘来，接着，一双手搭在他的肩膀上了。

完了，一切都完了。

这种遭遇，何锁子不止一回听爹、二大爷和村人讲过，当一个人行走在外，狡猾的草甸子狼往往紧随行人之后，趁人不备赶上来，到你身后它立起后腿，把两只前爪搭在人肩上。有经验的人不要理它，只管走路，因为狼还不懂得爬上来咬你的喉咙，它是等着你回头。如果人一回头，机会便来了。

人往左回头，它就从右下口咬人的喉咙；

人往右回头，它就从左下口咬人的喉咙。

人如果有足够的力气就双手按住肩头上狼的两只爪子，然后猛地蹲下，接着一拱后腰，狼便会从人身上折过来，狠狠地重重地摔在地上，不是摔死，就是吓跑。

现在何锁子怎么办呢？

他慢慢地走着，想着主意。他希望在他背后的不是狼，而是人，一个在和他开玩笑的人，他于是边走边试探地伸出手往自己的肩上摸去。这一摸，更让他魂飞魄散，原来肩上的根本不是人手，而是毛烘烘的两只爪子。

何锁子吓坏了。就在他十分紧张的时候，他仿佛听到远方的爹在叫他，他于是"唉"地答应了一声，接着微微向左一回头，想看看是不是爹从草甸子上赶来搭救他时，就见一只毛茸茸的长着灰毛的黑头从右肩上伸过来，接着那东西张开血盆大口，一口要咬在他的喉咙上。

"呀——"何锁子哭了起来，惊恐地大喊，"救命啊！快来人啊！救命呀……"

可是，喊着喊着，只觉得那黑毛的大口已在他的喉咙上开咬，鲜血四喷，眼瞅着他就要断气了，还是死命喊叫！

就在他微微的神志在远去的时候，就听有人在唤他的名字："何锁子！何锁子！你怎么样了？"又听人在喊："松松口！老何你松松口！那毕竟是你的儿子！那不是牛，也不是羊。"

在梦中惊醒的何锁子，慢慢地睁开了眼睛。他发现在自己家昏暗的油灯下，炕沿前站着二大爷和娘，还有一帮人，每人手里都握着铁镐和木杠，他们在直勾勾地看着炕里，在叫喊。

自己再一看，满脸抹着大酱的爹，紧紧地抱住他不放，而且张开血盆大口，牙正咬在何锁子的喉咙上，嘴一张一合，在咬。

何锁子被眼前的这一幕吓得呼喊起来。

爹一见他喊，更加紧紧抱住他不放，并张开大口，横在何锁子的喉咙上了。炕沿下的人都紧紧地闭上了眼睛。

仿佛都等着"咔嚓"一声响，血浆四溅，他的脑袋滚落于地上。

二大爷的声音响起："老何你松松口！那是你的骨肉；自古道，虎毒还不食子呢。听着没有？"

娘哭唧唧的声音："何锁子他爹，你可不能啊，这是咱的孩子呀。"

有人拿着棒子敲打炕沿，吓唬何锁子爹："松口！松口！"

何锁子爹眼里放着蓝光，白眼仁朝外，一动不动地盯着地上；牙齿在何锁子的脖子和喉咙处上下啃着。但是，明显没有方才那么疼了。

而且，何锁子发现，在爹抹着大酱的双眼皮下，在那往外翻着的白白的眼角里，有两滴浑黄的泪珠，涌动着，涌动着，终于冲开干了的大酱，滴落了下来。

传来了二大爷的喊声："来人！拉人哪！"

有几个年轻的小伙子跳上了炕，有人按着何锁子爹，两个人趁势一下子把何锁子从他爹的怀中拖了出来。大家这才仿佛松了一口气。

何锁子摸摸自己的脖子喉咙处，没断，只是有一片红肿，而且有坑坑洼洼的牙印儿。

再一看，何锁子爹在炕上直勾勾地盯着地上的何锁子，而且嗷嗷叫着，一副立刻扑上来的样子。

可是，他的眼中有泪，从大大地瞪着的眼中流出来。何锁子长这么大，还是第一次看到爹哭。那是爹的热泪，从他的老眼的眼角上，默默地流出来。

第六章
疯狼爹

屋里弥漫着浓浓的臭气。

那气又臊又酸，让人在屋里待不下去。

这气味儿都发自何锁子爹的脸上。而且，他脸上的肉开始往下掉，好像熟了一样！

而且，何锁子爹脸上的碎肉掉在谁身上、手上，谁的皮肉就跟着腐烂，也发出臭味儿。

二大爷说，这是狼毒所致。

二大爷是个经得多见识广的东北老人。他说狼在咬人前，把对对方的仇恨都通过神经传送到它的牙齿上；那时的狼的牙齿，已经注满了浓毒、剧毒。这种毒表面上是一股滚烫的热气。它一旦对着对方喷出，就是不咬到对方，对方也会被烫伤；而这伤，也是毒伤。被牙齿咬上，毒就更厉害了。

这种毒把人和动物的一切神经系统都损坏了。接着，它碰过的地方的肉像熟了一样，先是坏死，然后接着一块块地掉下来，特别是腐肉散发出刺鼻的臊气、臭气，使人无法靠前。

这一切变化都在几个小时之内发生。

狼毒迅速扩散，使人发疯，变成活着的人狼。其实他已不是人了，是狼；是一条人一样的疯狼。人一定要小心别让他咬了，特别是咬破了皮，见到血时，被咬的人也要发疯。

二大爷的话，使何景海落下泪来。

他摸着自己红肿的喉咙，低声地叨咕着，不，他是俺爹，不是狼；他不肯对俺下口，他是忍着狼毒在身体里发作，而不去伤害自己的亲骨肉，他是在忍着多么巨大的身体痛苦在保卫着亲子的安全呀。

何锁子发疯似的叫了一声："爹呀！"

可是爹不理他，紧紧地躲靠在炕里的墙角，翻着白眼，双手勾勾在胸前，一副恶狼随时要扑过来的样子，浑身上下不断地抽搐。

"靠后！"有经验的二大爷为了防止意外，他喝退拿木棒的人一律靠后。他告诉人们，越是这样，他越是疯。他安排何锁子去后屋和娘去睡，他和三个小伙子用木板搭了一张地铺，和何锁子爹睡在一个屋里。

二大爷的话，在当时就是老天爷的命令。

夜，渐渐地深下来。

突然，户外刮起一阵狂风。风刚一住，院子里的狗就惊慌地狂吠起来，驴和牛，也显得极其不安，不断地踢槽踏地。

二大爷披上老皮袄，领着人出去巡视一番，没有发现什么，于是又走回来。

二大爷刚刚坐下，就发现炕上的何锁子爹突然蹲起来。他本来是缩缩在墙角的，这时却把耳朵靠在窗子上一动不动地往外听。

地上的二大爷和一伙人也都惊恐地竖起耳朵互相望望，观察着炕上的何锁子爹，听着外面的动静。

外面，渐渐地传来动静。

先是像有人脚踩地上的枯叶碎草的声音，沙沙沙沙一阵响，然后声音停在窗前。突然，何锁子爹往起一挺，用手拍了一下窗框子，"唉——"地叹了一声。立刻，外面窗影处，大家看见一个黑乎乎的东西一晃，就听窗木"咔咔"响，是什么东西嗑咬窗棂的木框……

二大爷说，是狼来了。白天和何锁子爹斗过的狼，它知道何锁子爹没死，正在"疯"，它这是让更多的人记住它的可怕。

许多人握棒子的手在发着抖。

而且，炕上的何锁子爹极其的不安。他不但在窗前倾听，发出轻微的哼哼声，而且也做出狼咬窗子的配合样，嘴一张一合，不断地啃咬自家窗棂，他的双眼闭着，像是在睡觉；嘴角滴着白沫子，一滴滴地往下淌着，样子十分可怕。

突然何锁子爹坐起来，脸仰天望房，咧开嘴大叫起来："嗷！嗷！"那是狼的叫声，是东北荒野上的老狼在吼叫，声音十分恐怖，尤其在这深深的夜里。

这时，窗外的院子里又多了一种动静，是什么闯开院门，沙沙沙地跑进来，并且也开始啃咬窗框子。

咔咔！咔咔咔咔！这声音越来越强烈，而且，仿佛房子也在动弹。大家都在担心，用不了多长时间老房的窗框就会被狼的钢牙利齿咬开。

二大爷说："又来了一条别的狼。"

他说，野物的鼻子，顶属狼的灵，狗也不如狼的。那是因为何锁子爹身上发出的味儿引来的。

这样下去等不到天亮，何家的房子就会被狼不攻自破，因为有何锁子爹这条"老狼"在屋。

"上炕！"二大爷发令。

"干啥呀！"大伙问。

二大爷果断地决定："把何锁子爹捆起来！不然他这边一召唤，外边的野狼越来越多，我们马上就会被吃掉。"

二大爷的命令刚一发出，一个村民从柜底下翻出一条麻绳跳上炕。可是，何锁子爹突然掉过头来，他双眼红红地睁开，双手吊在胸前，"吭哧"一口，一下子咬在拿绳子的那人的身上，那人"哎呀"一声摔下炕来。

何锁子爹更加凶狠地蹲在炕上。

他冲着炕下屋地上的人，怒目而视，嗷嗷号叫，在对人们示威。

"上啊！上啊！"二大爷叫着，不敢迈步。

可是，大家都哆嗦起来，再没人敢靠前。

屋里何锁子爹的疯狂，使得外面的狼的动作更大，只听窗框子已发出断裂的"咔咔"的响声，窗纸已被捅破，黑乎乎毛茸茸的爪子不断伸递进来摸索着。一旦窗的插木被拉开，狼便可以方便地从外面跳上炕，到那时一切防备都不顶用了。

"快！砸狼的爪子。"二大爷叫着，"快砸！"

手快的小伙子从屋角拿起一根平时捅烟囱用的长木杆对准伸进来的狼爪，一下一下地砸去。每砸一下，狼爪子便缩回去，可接着狼爪子又会从另一个窗棂的格子里伸进来。

木杆砸狼爪时，好在何锁子爹没有注意是奔狼爪，每次伸出木杆，他都是阻挠，并且去阻挡，但木杆不是冲他，他也就不管，只是躲着。因他的注意力是屋地上的二大爷这伙人，如果他一旦发现外面的狼伸进的毛爪是在寻找插窗的插木，他会断然地帮狼打开窗户，因为他现在仿佛已是狼的同类。

人狼在对峙时，二大爷仍在冷静动脑，但大颗的冷汗已从他的额头上滚落下来。他长这么大，也没经着过这么一码子事。从前一切关于狼的凶狠、狡诈都只是听说。可眼下怎么办？

这时，何锁子和娘已光着脚从后屋通过过道跑了进来。

娘和儿子是刚刚睡下，就被这屋的动静惊醒。他们知道事情已弄大，而且说不定还会出现什么意想不到的事儿。

可是，闯进屋来的何锁子和娘一见二大爷他们一个个在斗狼斗爹的样子，更是吃惊不小，立刻被吓得呆呆地立在原地，不知如何是好。

二大爷一见何锁子和何锁子娘，主意也就来了。他吩咐，快点！用拍子压住你爹。

拍子就是一种硬木板，是从前农家用来抬碱土脱坯的工具。这种东西有一张床那么大，带四框，又沉又重。这一压，不把爹压死了吗？

何锁子说："不！那是俺爹！"

二大爷叫道："他现在属狼。"

"不，我不干！"

"你不干，我先打死你。这叫保卫全家，保卫全村。"

二大爷又回头劝何锁子娘："你快发话呀！让何锁子动手。因为你们是他的自家人，你们才可以靠前，我们上不去！他往死里咬人！没看见三驴子已被咬伤？快！快点！"

二大爷的话，使何锁子娘也是犹犹豫豫的，毕竟他们是夫妻，这不是往死整治他吗？

可能是二大爷见何锁子娘有心事，也了解到她的心理，于是又吩咐道，你真是一个死心眼儿。你不会用一条大被包上拍子然后再往孩子他爹身上砸。这样就说是给他盖被，他不会制止，而且又碰不伤他呀。

突然，一只狼头从窗子探进来，张开血盆大口号叫，二大爷指挥所有人马，一顿木杆子将狼头打回去了。

这回二大爷急了。

他对在地上犹犹豫豫的何锁子娘大骂："你们女人，就是头发长，见识短。都是些胆小鬼，已到如此紧急时刻，你们再不动手，就给我滚！我打死你们！"

可能是遭了二大爷的怒骂使何锁子娘终于下了决心，她在众人的帮助下，把一条大被裹在拍子上，然后抬起来对炕上的何锁子爹叫道："老头子你冷啦，给你盖条被吧！"

何锁子爹在炕上嗷嗷号叫。

人们抬着拍子往前靠，嘴里不断地劝。

他叫得很凶，仿佛知道被里边裹着木板。

何锁子娘好话不停地劝说："何锁子爹，你看在全家人的面上，歇歇吧。别吼了。我们是你的亲人，你看看，我不是你的老婆吗……"

说着，何锁子娘两眼淌出大颗的泪花。

"爹呀——"8 岁的何景海也哭叫着。

炕上的爹，此时血红的双眼，瞪了一下，终于眯上了，但嘴仍在一张一合地发出狼的号叫。

见机会已到，二大爷喊："快扣！"

只听"啪"的一声，躲在拍子后面的人一起用力，那巨大的披着棉被的拍子一下子向炕上倒去，"咕咚"一声，终于把何锁子爹重重地压在了下面。

拍子扇起的烟尘在老屋中弥漫着，一时半会儿没散去。

第七章
二大爷远行之后

东边渐渐现出鱼肚白，四野冷风嗖嗖。

村民们一个个披着棉袄，站在何家院外的土道上听消息……

他们都是夜里被狼嚎狗叫声引来的。许多人半夜赶来时还提着灯笼。一些人亲眼看到有几条狼在何家的院子里来来往往，他们想参与攻打，又怕狼一急真的蹿进屋里，因为屋里不时地传出何景海爹的叫声和二大爷及众人攻打狼的声音。这是一种奇怪的声音。

直到天快亮了，人们听到屋里轰然一响，这才见几条狼从何家院子里蹿出来，飞快地跑进村口的荒草里，不见了。

狗有时也气人，见恶狼走了，它们才仗着人势，又追又撵，可是狼早已没了踪影。

人们涌进何家屋里，这才见何家当家人已被重重的拍子砸昏。他躺在炕上，头上蒙一条白手巾，静静地昏睡着。

何锁子和娘正在外屋烧火做饭。

何锁子拉风匣，娘捞小米水饭。

还得招待客人哪。人家二大爷一伙人是为了给自己家帮忙啊。

这时，和狼搏斗了一宿的二大爷一伙人已经很疲惫。每人手里端着一杆烟袋在抽着烟，呆呆地望着炕上昏睡的何锁子爹，发愁，沉默着。

是啊，事情该怎么办呢？

何锁子爹昏睡只是暂时的事情，他醒来会记得人们用拍子狠狠压他的事。而且，他还是属于狼，属于草甸子上的那条老狼。他身上还有着老狼的疯毒。

狼的疯毒，已入了何锁子爹的精神里。

他一旦醒来，不但何锁子家遭罪，连全村人也不会安宁。而且，他会随时随地招来野狼，对全村人施威下手；这等于养一条狼在身边，随时有危险存在。他随时会发作，然后攻击众人，而且是住在村里、家里的一条狼。人和狼怎么睡在一起呢？

这时，二大爷从嘴里拔出烟袋，在炕沿上轻轻地磕烟锅，说："现在只有一个办法。"

大伙说："你说说看。"

二大爷那年已70岁左右，满脸皱纹，他每当抽烟时，一堆皱纹滚向唇边，显出他的老练和果断。

二大爷说："必须让他清醒过来。"

众人说："是呀，可怎么能清醒。"

二大爷说："吃饭。吃完饭我去乌兰塔拉，把特利尔巴根请来！"

大伙一愣。又一想，对呀。特利尔巴根是这一带有名的"大神"，让他来驱走何锁子爹身上的疯狼毒，也只有这个办法可能奏效。

饭端上来了。小米干饭，水饭，炒鸡蛋，大酱瓜子和一些小菜，还有白酒。二大爷带头快吃快喝，然后好准备办事、准备出发。

院子里已备好了一头走驴。

这是何家的黑走驴。

这头小驴，能奔擅走。它曾经驮着何锁子爹去 50 里外的大布苏淖尔赶集；它曾经拉车去查干淖尔装鱼。如今，它又要驮着二大爷奔向遥远的乌兰塔拉，去驮神医。

人们边吃边议论。

对于请大神来治何锁子爹身上的狼毒这一招，人们深信不疑。是啊，那时在乡下人的心中，不用这招还用什么呢？

至于"跳神"驱魔，乡下人都经历过。

传说跳神最灵的是九台的张家。

九台的张家是跳"家神"。谁家有个为难遭灾，特别是被狐狼蛇鼠迷住，他家的头辈太爷便可以被请回来，帮助"病人"驱走迷人的"恶魔"。

那一年，人们记得，一个外出搂草的孩子让野猪吓坏，二大爷就去请来了张家班。

张家班的老人们手执单鼓，排成队咚咚地敲打，还演示出野猪的奔跑和叫声。总之，是很热闹。

这种祭祀活动称为萨满跳神。萨满是北方民族普遍信奉的一种原始宗教，而萨满本人又是族中的智者。他精通各种知识和文化，其中当然也包括一些医疗知识。为乡亲们"治病"时，土洋结合，"神"药并举，很多时候往往也奏效。这种行为在从前缺医少药的乡下，也算是一种很讲究的生存方式。

人们在对二大爷的一片支持声中吃完了饭，众人又送二大爷走出屋子。

二大爷再三嘱咐，不可惊动何锁子爹。

一旦他醒来，也不要惹着他。万事先顺着他，一定等他领特利尔巴根回来。大伙齐声答应着。

因为按里程算，去乌兰塔拉请特利尔巴根比去九台请张家班要近上将近80里，所以大伙决定还是去乌兰塔拉。如果一切顺利的话，二大爷将在当天夜里或第二天的黎明，领回萨满特利尔巴根。但西去乌兰塔拉，还不知路上顺不顺利，也不知道特利尔巴根在不在家，总之是个没底的事。

一切需耐心地等待吧。

这是何家和这一带人家的一种期待。

在二大爷走后的日子，何锁子家是最难熬的。他们时刻害怕何锁子爹醒来。他一醒来，二大爷又不在，该怎么去对付他呢？

更可怕的是狼。他一醒来，就会自觉不自觉地和狼呼应，引狼入室。而且，每当娘和何锁子在院子里抚摸着数着那一夜狼啃坏的窗子和窗子上的道道，都会产生惊心动魄的恐惧。这些啃咬坏的木头上的牙印子，对任何人都是一种心理上的威胁。

在这些日子里，村子里也惊恐不安。

天刚一黑，村里的大人就会赶紧关鸡关猪，并且嘱咐孩子："快进屋！别在院子里溜达啦。没听见何锁子爹叫吗？"于是大人学两声何锁子爹的喊叫声。

甚至，谁家孩子闹夜不肯睡时，媳妇们也会用这事来吓唬怀里或悠车子里的孩子，说："快闭眼，睡觉吧。你再不睡，俺就去找何锁子爹，你看，他来啦，正在窗外看你呢！"

果然，被恐吓的孩子就被"吓唬"睡了。

恐惧中睡去的孩子，也会时不时地被惊醒。

恐惧笼罩着全村，过去了三天，二大爷还没回来，而且一丁点儿消息也没有。就在二大爷走后的第二天早上，何锁子爹醒来了。

开始，何锁子爹慢慢地睁开了眼睛，别人都惊恐地往后退去。他轻声地问何锁子娘："关窗户了吗？"

何锁子娘抬眼看了看窗子，说："一直关着，关得严严的，一直没开。"

爹说："关上吧，俺怕有风啊。"

娘说："关好几天了，你可吓死个人，一惊一乍的。你到底想干啥呀你？"娘心里乐呀，他这是好人说话呀。可是，爹不理她，仿佛听不懂娘说的话。

院子里围了里三层外三层的人，都是好心的乡亲们，来关心和打听何锁子爹的"病情"的。

一早上，何锁子去外边抱柴火。他讲他回来的感受：

我一进屋，爹喊："别过来！"

"爹！是我！"

"别过来！有风。"

"风？"

"对！风灌我！"

然后，他就一口一口地喘气，仿佛北方荒原上的大风呛的样子。

接着开始摔东西。家里所有的东西，都被他摔个稀巴烂。他特别不能听水响。家里没水了，如果挑回水往水缸里倒，他一听水缸里的水声，一翻白眼就倒下了。

他有时静静地坐在炕上听，仿佛听遥远的大草甸子上慢慢刮起的风。然后是害怕，大叫风来了，吓得四处乱钻。甚至钻进炕琴的缝里或掀开炕席，躲到底下去。

他恨他从前和他有仇的人。

何锁子有个六婶，从前分家时和他家有了一点儿矛盾，现在，何锁子爹天天叨咕，要找六婶算账，大家谁也不敢领他去。因为他一旦真的见了六婶，相信六婶准会没命。

大伙堆在院子里，议论着何锁子爹的种种奇怪动作和想法。乡亲们是热心的，大家一遍一遍地把何锁子叫出来，老年妇女则把何锁子娘叫出来，问爹的病情进展，问特利尔巴根大萨满和二大爷何时会来。

渐近晌午时，乡亲们开始从何锁子家院子里往回走，何锁子娘也回屋去照料。可是进屋一看人不见了，她吓得四处寻找。方才大家在院子里，也没见着何锁子爹出去。

何锁子娘大喊：“他爹！他爹！”

突然，她见炕琴上有一个被裹着的包，在轻轻地抖动；她想，那可能是何锁子爹，可又不敢轻易上前，就急忙去外屋喊方才出去喝水的几个二大爷留下来照看疯人的小伙子。

她前脚刚一出屋，只见何锁子爹一下子就从被垛上跳下来，一脚踹开纸糊的老窗，一个跟头跌进了院子里。

院子里的人，有的坐在土墙上议论，有的正在抽烟，在没有丝毫思想防备时，突然发现何锁子爹出现在面前。

大伙有些人先感到亲切，因都是乡里乡亲的，有的已经几天没见到他了。便上前搭话：

"老何，你起来了。"

"呀！咬得不轻。"

"哟，你怎么走窗不走门呢？"

大伙正在惊奇，突然，何锁子爹变脸了，他冲院里的人"嗷——嗷——"地叫上了，并扬起脸，猫着腰，准备冲锋。

众人一看不好，立刻撒腿便跑开了，何锁子爹立刻开追。土道上的村民惊恐万分。有的跳到了墙上，有的上了树，甚至有的被追得没处跑只好上了房。他见谁追谁。家家吓得关上了院门。

一个卖豆腐的叫"老北"的人，刚挑着挑担走进村，迎面碰上何锁子爹。别人一见，大喊："老北，快躲，他是疯狼！要咬你呢！"

说时迟那时快，只见何锁子爹一蹿跳上去，一口咬住了老北盖豆腐板子的麻布，老北吓得扔下挑子便跑。咕咚一声，豆腐板子翻扣在地上！

谁知，和老北一起卖豆腐的儿子小北没防备好，被何锁子爹一下按住了。

刚跑了几步的老北回头一见小北被何锁子爹按倒，急忙返回来救助。可是，只见何锁子爹一口咬在小北的喉咙处，用手一指老北，停在了那里。仿佛在说，你别过来。你过来，俺就开咬！

怎么，何锁子爹这是把小北"劫"为了人质？

老北一见，愣愣地停了下来。

他傻眼啦。

上又不敢上，退又不能退。突然，老北腿一抖跪了下来，说："锁子他爹，你行行好，千万别下口啊！我就这么一个儿子呀！"

再看何锁子爹，他用双手按着小北，扬起头来，冲着老北嗷——嗷——地叫，不停地号叫……

有人见他把嘴离开了小北的脖子处，就大喊老北："快，快冲！夺回人。"

老北这时如梦方醒，也不知哪来的一股力气和胆量，他突然一跃而起，蹿上去从何锁子爹的怀里，夺下了儿子小北。

而这时的何锁子爹，一下冲进村中一家人的院子，并上了人家的房顶。他紧紧地搂住人家的烟囱不放，并一口一口地啃开了人家的土烟囱……

全村人都毛了。

人们人山人海站在街道上，瞅着这一"景"。

二大爷留下的那伙看守人，手里持着木杆，在何锁子和娘的带领下，赶到这人的院子里，对房上的何锁子爹喊道："松手！何锁子他爹。走，咱回家给你上药！走……"

"嗷——嗷嗷——"他在房上，冲下边叫，就是不下来，一派狼的凶狠和不情愿。而且，他叫的方向是冲着北甸子。北甸子就是狼咬他的方位，那是荒冷无边的草甸子。

有人出主意，从房后搬梯子，上去捉他。

有人迅速架好梯子，几个手拿木杆的小年轻偷偷往上爬。他们已上了房檐。可是何锁子爹眼尖，一见有人上了房，突然一跃，跳上了那家的草垛上，那种距离，平时无人跃得过去。

众人吓得"啊"一声逃散，何锁子爹突然一下子钻进了这家的鸡窝。

几只鸡吓得"突突"地从窝里飞出来，尘土鸡毛飞上天空……

大家团团围住鸡窝，可又不敢靠前。

一个人出主意说："快去取渔网！"

有人不解地问："取渔网干什么？"

这人说："扒鸡窝，他必然出来，他一出来，好一下子扣住他，和扣鱼一样。"

大伙觉得这主意好，不然他在窝里出不来，一旦时间拖到天黑，就谁也不敢靠前了。

再说，天一黑何锁子爹窜到哪儿，人们不易发觉，那更是一种可怕的隐患，再说，他如果跑出了村子，上了别的村子，人们更加遭殃，而且，他如果在天黑时跑出村子，进了野荒草甸子，危险就会更大。狼会来咬住他，同时他也会伤害草甸子上放猪、割草的大人小孩。所以必须趁现在他还在鸡窝里擒住他。

有眼尖的人看到旁边老解家的柴垛上就晾着一张。于是何锁子娘马上跑去老解家借。这边，人们准备扒鸡窝。当渔网拿来时，先用几个人罩住鸡窝，这边就动手扒鸡窝。

那鸡窝是泥皮加草砌的，上面是木盖。

当几个人揭开土木盖子时，何锁子爹突然号叫了一声，从鸡窝里站了起来，正好落在人们罩好的网中。几个人立刻收网，然后一卷，把他扣住，抬走了。

人们这才松了一口气。

第八章
蒙古萨满

恐惧也许是自然或社会给予人的一种偏爱，也许是一种财富。

8岁的男孩，已有了完整的记忆，是一种刻骨铭心的记忆。何景海怎么也忘不掉，老狼是对爹两旋之后得手的。

古老的乌兰塔拉，位于嫩科尔沁中部，它的四周是长岭、前郭尔罗斯、乾安和通榆甸子，那是一整个甸子上的四个县属，在这一带特利尔巴根是出名的萨满，蒙古人叫"博"。

萨满巴根是草原上著名的药师。

所说的药师，是指他能识别和认得各种各样的草原药材和中草药，他的住屋旁三间土房，里面收藏着各种古老的草药，而且，每一种药，都有一段故事，一个来历。

相传有一年，一个自称是关中地区的药材商，听说了巴根的大名，特地前来送党参。

那人是赶着车来的。

巴根走到药材车子前，把手插在药材袋子里。抓出一把党参来，问："什么价？"

那人开口要了个头价。

巴根说不值。

那人以为巴根只会跳神，可能不太懂药材，于是夸下海口说他这车药材如何如何的好。巴根说："别说了，你这党参是白露节前采的。"

那人急了，说："不可能!"

巴根说："真吗?"

那人说："愿罚。"

"好，我去去就来!"

说完，巴根回身走进了包房，不一会儿又从里面出来，手里端着一碗豆油。

巴根对愣在那里的药材商人说，兄弟你看看，白露前收的党参，扔进油中，立刻打滚。因为轻漂，而且浑身起油泡，质地发糠，没长成；白露节后采的，则下油沉底，参身子上没油泡，说明它是自然长实了。你看着，别怪我没指给你。

说完，他把手中的党参放入油锅，只见那药材打了个滚，浑身起油泡。

老板二话没说，立马起车走了。

在夏秋季大采购（收药）的季节，一般的人是骗不住巴根的。

巴根身上，每日揣着药书。他是一个真正的植物学家，什么《用药法象》《采药口诀》，他随时看，随时背记，他熟知"凡诸草木昆虫，产之有地；根叶花实，采之有时；失其地则性味少异，失其时则性味不全"。这就是准则。

特利尔巴根非常注意各种药材的采期。

　　特别是对胡索、孩儿参、半夏等药材，这些草药生长期短，在夏秋或初秋就枯萎回苗，所以要快些采购回收，还有一些茎木类，如关木通，一般在秋冬，落叶前也就是十月至翌年二月间采收最好，更主要的是注意一些根皮类的药材，主要是药植物的根或茎部分。

　　根和皮，一般在挖根后再剥皮，如桑白皮、紫荆皮，也可砍后剥取，如厚朴、杜仲、黄柏等。

　　有的皮类药材，皮不易剥，可用木棒敲击取皮，这叫打木子，还有的抽心取皮，如牡丹皮、地骨皮、远志等。

　　收购药材时要格外叮咛"小打"注意叶类，很多中草药都是由叶类植物组成，叶类的植物在它们生长的旺盛时期到花蕾形成时期，这期间采摘是最佳时期，叶类的产量高，而且含有的有效物质也多，如紫苏叶、大青叶、罗布麻叶，所以千万要注意。

　　但又不是一成不变的，如龙蛇年头，桑叶经霜打，反而更好些，至于为什么，巴根也说不清，只知道这个理儿，这是流传在民间的千百年的老俗，这种桑叶，巴根称秋桑叶，想假冒是万万办不到的。

　　有一年初冬，正是龙年之际，一个人来给巴根送霜桑叶，这人口口声声称是上等的霜桑叶。

　　巴根打眼一看，颜色有些不地道。

　　只见巴根从草地上抓起一只蚂蚁，轻轻放在一片桑叶上，那蚂蚁立刻叮在上面，而且，转眼间就咬出一个洞洞。

　　巴根说："立刻把货拉走。"

　　老客说："为何?"

　　"你这不是霜桑叶?"

"何以见得。"

"霜桑叶蚂蚁不嗑，你走吧！"

"但是，为啥？"

巴根说："你这是用糖水浸泡过的桑叶，蚂蚁爱咬，你快走吧。"

那人二话没说，立马走人。

接下来还有什么花类草药，必须在含苞待放时采摘。果实类，一定在近成熟时采摘，如白芥子、绿豆等，这些规矩是更改不了的。

采购进的药材，要进行加工，巴根身边有一个蒙古小药师专门干这些活计，他们住在后面的一个大院套里，这些人外号又叫"小打"，就是出力气的小伙子，每天进来的药材要根据不同种类，立刻处理加工。过程是这样：先要去泥，就是洗；然后碾，就是碾压均匀；接着是拣，就是分类、分等。这是力气活儿，又是技术活儿。

"小打"干这活儿，往往累得浑身是汗，有时还白出了力气，比如洗，要分清哪种药该洗，哪种药不该洗，哪种药材有泥也不能洗，哪种药没泥也得洗。比如槟榔，一洗就变红了，不能使了。黄芪一洗，一下子变绿了，走了药效了。这样的过程叫选择和炮制，炮制讲究劈、切、蒸、煮、烫。

劈是指对有些药材要劈开用，如大黄、葛根、土茯苓等，劈是用药斧子和耕子来制作，要会使寸劲，大了劈斜了，小的劈连了。

切是用药刀来切制药材。这种切刀像铡刀样，要会"走刀"，浑身配合，不然切刀会被你"打了"，指刀刃豁了，使锋利的刃片卷坏。

蒸是对一些药在用前要进行保管处理，要靠汽来"把干"保药性，如五味子、玉竹、百合、女真子等，蒸时一定要把握准火候，烧开后，在锅上放一块麻袋，当汽的水珠在麻袋上一跳，立刻住火，这是绝对技术性的活儿。

煮主要是针对那些易生虫子或虫卵的草药而言，这叫虫卵药材，如桑螵蛸、五倍子等，这些药材中的虫子往往藏在药材的里部，如果蒸不到位只有煮，让翻开的水把虫卵杀死，以保证药材的洁净。

除了煮之外，就是烫制。

烫制是为保存药性而发明的，其中又分汽烫、水烫等几种，如对天麻、白芍、天冬等，只有经过烫蒸之后才能去掉木质心。

还有一些药材，必须经过熏硫，也叫"石灰处理"。不然达不到药性，烧不出药劲儿，反而有危害人的副作用，如山药、白芷、泽泻等，还有的药材，必须经过反复的暴晒，这叫发汗，是指让药材本身发汗，如川参、山药、白术等，有的则需要干燥，有的需要晒干，有的需要烘干，有的需要阴干，有的需要风干，都是十分讲究的。

而有的药材，则必须要揉搓。

这种活儿，要由巴根亲自动手。

他会使手劲儿、腕劲儿，而且腰功一定要好，不然揉劲儿不足，搓劲儿不匀，就会失去药性。

如党参、玉竹、黄精、麦冬等，这些药必须经过揉搓，但不能使皮和肉分离，变得空泡。这简直是又让马儿跑，又让马儿不吃草，但难是难，技术好的人还是能做到的。

还有一种制作方式叫"撞击火燎"。

有些药，为了达到去须根、根皮、泥沙的目的，干燥后，要将药材装入一种特制的撞笼里，然后猛猛地撞击，如黄连、川贝、浙贝、姜黄等。

撞撞笼很有意思，其人要穿得干干净净，像公子出门一样，面对挂在树枝上的撞笼。一边摆开架子，迈开方步，喊着"天合"，然后一头向笼子撞去。

无论是采购药材还是制作药材，关键是要识药，识药分看、嗅、尝几种方法。

所说的看，是指要用眼睛来看药材植物的大小、外表、颜色和质地等。有的药材通过看，从药材的形状上如掌状、纺锤状等判断其药性。如天麻，必须是淡红色，冬芽为红小辫，像鹦鹉嘴。如羚羊角，以小而嫩的为好，有一种叫"大头鬼"或"老劈柴"的不好，这样的老了，过性了。金毛狗的背，外面有金黄色长茸毛，形状酷似小狗，非常乖巧可爱，赭石外有钉头，称为钉头赭石。

嗅，就是用鼻子去闻，这是调动嗅觉器官去判断药性的一个最重要的过程，如丁香、甘草、沉香、五味子、细辛等。一嗅，辣味深深钻入鼻孔，半天挥之不去。

尝，就是品尝。是指要用嘴来确定药性和药期。我国民间古有神农尝百草的故事，讲述了神农氏为了鉴定人间植物的用途，亲自品尝各种植物，一次次地尝，一次次地中毒，死去活来，也使他长得十分古怪，他的长相虽然可怕，却是为人类的生存做出了努力，因此人们崇敬他。

巴根每天品尝各种中药。

他品时不说话，闭着眼睛。

他品药那天的早上，不喝茶、不喝酒、不抽烟、不吃糖，不然就不准了。

如大枣、党参、地黄、枸杞等，尝时，要调动嘴里的牙、舌、嗓、腮，通过品出甜、酸、苦、辣、麻、涩等，来分辨药的成分、价格等等，尝细辛时，那股味儿往往钻舌，品琥珀嚼尝时，有沙沙的响声，这真是外行唬不了内行啊！

从前还有一种说法，药材采购、炮制得再好，如果贮存不好，等于前功尽弃，药材最怕霉变、潮湿，因为霉变和潮湿使细菌繁殖很快，再就是怕虫蛀，保管药材要时刻注意仓虫，特别含淀粉多、糖多的药易起仓虫。

对这种药，要经常敲打，通过震动，使虫子掉下来、死去，再就是用光来晒，有的药里的虫子怕太阳光，但千万要注意，贮存药材的仓里别为了打别的虫子而打药、喷药，这反而容易造成药仓其他药的变质、变味儿。

巴根靠这些识药懂药的本领，名字在草原上迅速地传开。同时，巴根又是一个民间收藏家，什么烟袋、鼻烟壶，画着图案的牛皮羊皮，他的屋子简直就是一座博物馆。

地上靠西墙的一个土台子上，摆着他收集来的上百条牛鞭和马鞭，长短不一，大小不一，十分珍贵。还有各种草原烟具。而墙上则钉挂着各种皮饰，就像藏族的唐卡艺术一样的皮张，花花绿绿地布满了墙壁。

特利尔巴根穿着厚厚的蒙古族皮袄，每天端端正正地坐在土炕上，接待着一个接一个从四面八方赶来请他去办道场的蒙古人、汉人和东北其他民族的来访者，而且，他的身边还放着一把四弦琴，又叫"古潮尔"，这是草原上类似马头琴的乐器，没人来时，他便弹起潮尔，让自己悠扬的歌儿飞扬在乌兰塔拉的草原上。

特利尔巴根又是草甸子一带著名的歌手，特别是《成吉思汗》《打那八拉》《韩秀英》《高小姐》和新起的人物《嘎达梅林》他都会唱，最拿手的顶数婚礼歌了。谁家有婚礼，必请特利尔巴根到场，还是在一次乾安县老渔把头德奎大叔儿子的婚礼上，特利尔巴根认识了二大爷，二大爷是这一带子鼓乐班的头子，他带领一帮吹鼓手去德奎家上买卖（给做红事的人家吹鼓手艺），从此和特利尔巴根结为好友。

这天特利尔巴根正坐在屋里拉潮尔。

他的"潮尔"上系着一条红色的飘带，悠扬的琴声飘出小屋，在草原上久久回荡。

特利尔巴根那年也就40多岁，草原上，大家习惯叫他巴根琴师，而二大爷那年已经60岁，特利尔巴根叫他老把头，是指他是吹鼓手鼓乐班的把头之意。

二大爷进了院子，把走驴拴好，轻轻推开特利尔巴根的小屋门，坐在他的土炕上。

特利尔巴根停下拉琴的动作，说："老把头，是什么风儿把你吹来了呢？"

二大爷说："是你悠扬的琴声勾来了我。"

"来了多久啦？"

"我已经在屋外听好一阵子了。"

"看你焦急的样子，又走得一头汗水，一定是有什么事情吧？"

"不瞒你说，正是有事情特前来请你，这件事情，非你去不可。"

"你真是难为我，这样的事情，你知道，是不应该来找蒙古人的。"

二大爷大吃一惊，他怎么就知道是什么样的事情呢？再一想，这也对，不然他怎么就能当上草原上人人敬畏的萨满了呢？这也就坚定了他一定要请他去的信心。

可能是看出了二大爷的表情，特利尔巴根说："你不必吃惊，我不是神，我不过是从你身上的气味儿中，嗅出你身带狼气，所以断定一定是有人被狼所伤，而且，伤得不轻，但又没咽气，所以请我前去的，对不对呀？"

特利尔巴根说得十分肯定。

这更叫二大爷钦佩得五体投地，于是就把事情的经过一五一十地讲了一遍，又加了一句：现在何锁子爹正在生死关头，别人谁也救不了他。

特利尔巴根仰起头，双眼望着屋顶，说起了他的道理，大致意思是你呀你呀，你真是强人所难，你难道不知道蒙古人信奉狼始母神吗！在很早很早的时候，还是我们的始祖乌孙王昆莫时，昆莫之父，匈奴西边小国啊，当时匈奴攻杀其父，而昆莫生弃于野，鸟啖肉蜚其上，狼往乳之，单于怪以为神，而收之，乌孙王靠母狼哺乳，才得以存活，母狼是我们的恩母，这也是长生天的旨意，我怎么能去看望一个叫母狼吓了的人呢，这是对长生天的不恭啊。

二大爷说："无论如何，你也得去呀，你不去，任何人也救不活老何头。"

这件事，着实让特利尔巴根为难了一会儿。

但是，他最后还是答应了。

接下来他又告诉二大爷，说："这件事我答应是答应，但你要等我三天。"

二大爷急了，问："为啥偏得三天？"

特利尔巴根说："我得去捉一只乌兰塔拉的'蜜狗'来。"

二大爷："捉这东西干什么？我们那里有得是，我回去给你捉算了。"

特利尔巴根说："你那里的蜜狗不好使，必须用乌兰塔拉的。"

二大爷只好答应了。

蜜狗，学名叫青鼬，民间叫黄皮子或黄鼠狼。这是一种食肉科动物，体长圆形，长45～70厘米，尾巴长35～45厘米，四肢短，耳朵大，毛色很鲜艳，前背和体侧都是柠檬黄色，背后和四肢黑褐色，腹部的毛色淡，毛尖带柠檬黄至褐灰色，颏部是纯白，其余部分苍白，尾近处纯黑。

这种小动物非常狡猾灵便，常常夜间出来，扑捉鼠类、鸟类、幼鹿和小山羊。

而且，它特别喜欢吃蜂蜜，所以又叫蜜狗或蜜狗子。更奇怪的是，它有一个别名，叫蜜陀僧，是一种"成了精"的青鼬。

这种青鼬"成精"往往是这样。它先是在草原上走来走去，专往草甸子上的凸起的一些小山包的石岩处溜达，因那儿的山崖处，总会有一些蜜蜂在那儿做窝，于是它去偷蜜蜂的蜜吃。

它吃的蜂蜜，是蜂儿们在矿石上做成的蜜，这种蜜，已含了一种矿物质。它吃了这种蜜，也使它的身体里具备了这种物质，而这种物质，是专治狼毒的一种良药。一旦人得了狼疯病，就是被狼或疯狗咬伤，只能用这种"蜜"去治。如果得到吃了这种蜜的青鼬的"肝"来泡水喝下，什么样的"疯病"，一治便好。

之所以管青鼬叫"蜜陀僧"，是指它吃了草甸子上这种含有矿物质的蜂蜜后，青鼬嘴里甜得难受，而且它的头上、耳朵上，都沾满了蜜，于是它四处游荡。

当它来到牧人的蒙古包里，会倒在人家的被褥处去睡，于是头上便沾上了人的头巾、帽子什么的。听到一点动静，它便逃走，并且在草甸子上游来逛去，被人称为"蜜陀僧"。

蜜陀僧其实应叫蜜"头"僧。远看，它像一个僧人戴着一顶帽子，在草原上游荡。于是人们传说它学会了借人口气成仙。

常常有这样的情况发生：一些牧人在草原上放牧或赶着牛车在草原上行走，这时蜜陀僧出现在人或车的前面，它吱吱地叫着，仿佛在说："你看我像个人吗？你看我像个人吗？"

这时，如果人说你像个人，它就一下子跑掉了，从此成了气候，可以变幻成人形，人们就再也见不着它了。可是，如果人说你像什么像？你什么也不像。接着"啪"地给它一鞭子，一下子打掉它沾在头上的小帽子、小手绢、小毛巾什么的，于是它掉头就钻进草丛里，从此开始它千篇一律的生活。

特利尔巴根这样说，二大爷只好答应。

二大爷说："巴根琴师，你一定要快。家里人已急翻了天。一旦它醒来，说不定全屯子都乱了套……"

特利尔巴根说："好吧。你先歇下。明天早上，咱俩顶着露水出发，采狼毒草，捉青鼬蜜狗。"

第九章
热闹的草甸子

消息迅速传开，有驱狼精道场要在命字井进行。于是，有两家豆腐坊立刻开业了。在北方乡下，各种消息传播得飞快，简直使人无法预料。

何锁子家房后，一夜间被人盖起两间简易草房，开起了一个大车店，而且还招做饭的帮手。

这也是乡下人的好客和热情呀。

一些远道来到命字井想目睹大萨满特利尔巴根作法驱走狼精的人往往是怀着多种希望。一是平时这一带人的生活就十分的单调，八辈子人们也不集会一次，这一次竟然请来一个名角"跳神"，能不来观看吗？二是一些家里有各种疾病的人，也是为了来"讨药"。

讨药的人分两种：

一种是希望找到从何锁子爹脸上掉下的肉。据说，何锁子爹脸上掉下的肉，已不是一般的东西，而是一种治疗"疔毒""烂疮""红斑狼疮"等民间疾病的特效良药了；民间把这叫以毒攻毒，人们是坚信不疑。另一种也打算从特利尔巴根的法事活动中，获得一知半解的药理。兴许也能得到一种药方。因为这件法事，百年不遇。

还有一些曾经被狼惊吓过的妇女，她们一定要来，想看看法师治狼的过程。

屯子里情况突然的变化，使何锁子娘心里急了起来。本来，只是想请来巴根琴师"跳跳神"，驱走缠在丈夫身上的疯狼毒，治好他的病。这一家子也不能没他啊，可是现在这样一来，这事成了全屯子的大事了，且是她家引起的，在她家发生的，她得有个准备啊，就连她嫁给何锁子爹那年，也没这么热闹啊。

首先，头一个准备的，就是钱。

一是得借点儿钱了。

借钱她想到了姐姐。

她叫谷玉芬，姐姐叫谷玉秀。姐姐大她十多岁，嫁到离这 30 多里地的花淖尔的老周家为妻。周家几辈子开着染坊，前几年姐夫有病，可能是总弄水着凉了，于是这几年染坊生意全靠姐姐一个人经营，要论钱，姐姐手头挺宽绰。

二是得找帮手。

找帮手，她又想到了姐姐。

谷玉芬本来有两个哥哥，一个姐姐，三个弟弟，可是哥哥和弟弟两个在辽西，三个在黑龙江的拜泉，算下来还是姐姐离她最近。而且，姐姐这几年的染坊生意都交给了儿子周大少爷去经营，只是在秋天晒布投布的季节，她过过目看看就可以了。而且这是春夏之交，染坊基本上没什么活计，只是画画版、刻刻模子什么的，所以也是淡季。

事情，也正像她想的那样，她想去找姐姐，在第二天的头上，姐姐骑着一头毛驴赶来了。见了面，姐妹俩抱头痛哭，她问姐姐："怎么知道的信儿，这么快赶来了呢?"

姐姐周染匠（当地人都这么称呼她）说："有一个伙计来命字井买马，回去路过染坊时说的。"

不用妹妹开口，姐姐已带来了一部分积蓄。并说："知道你用钱。妹夫这个样子，我也留下来，帮助你料理事情。作道场，人要多啊。"

何锁子娘这回高兴了，关键时刻还得靠亲骨肉。何锁子娘领姐姐上北屋去看丈夫。

屋里屋外围了不少人，何锁子娘喊让开让开。人们闪开一条缝，让姐俩走进去。

当年周染匠穿着件乡下蓝布大褂，头上包着一块土蓝色头巾，腰上系一条青布带子，脚上是染坊老布压的青面布鞋，打眼一看，整个一乡下老太太。

周染匠靠近了床沿，弯下腰仔细打量昏睡中的何锁子他爹的烂脸，强忍住一阵又一阵的恶臊恶臭味儿，对妹子说："他伤得挺邪。"

妹子不解地说："邪?"

姐姐说："对。"

妹子问："怎么讲?"

姐姐说："你听，他昏睡时，嘴里不停地发出呻吟，我听见他只说'咴，咴'。这条狼是灰色老狼。这不是一般的家伙。"

何锁子娘刚要再问姐姐什么，门口突然挤进一伙"讨药"的人，非要接何锁子爹脸上掉下的碎肉去"以毒攻毒"用，都是乡里乡亲地住着，何锁子娘也不好撵。可是这样一挤，何锁子他爹一下子醒了，突然坐了起来，张开大口"嗷——"地叫了一声，屋里的人吓得一窝蜂似的夺门而逃。

屋里只剩下姐姐和何锁子，还有何锁子娘，那几个二大爷留下来的手持木棒的小伙子守在门口。

何锁子爹突然双眼直勾勾地盯着他的大姨子周染匠，说道："六婶？我咬死你！咬死你！"

何锁子娘说："你好好看看，这是六婶吗？这是孩子他大姨。"

何锁子他爹眯着眼睛说："大姨？"

何锁子娘回答："对，是周染匠。"

何锁子他爹突然大喊："风！风来了！风来灌我。有灰风！灰色的风。"

说完，双眼一闭就往后倒，咣当一声，后脑磕在窗台上，一股血从头里淌出，流在炕上。

地上的人立刻乱成一团。

有人跳上炕去抬他，有人抱他的腿，有人给他擦血，又有人在喊："加小心，别让他咬一口。他咬谁谁疯，碰谁谁死。"

不一会儿，何锁子爹突然又醒来，他张开大口可炕爬着，对每一个敢于靠近他的人下口，嘴里发出狼一般的号叫。窗子外面，院子里站满了看热闹的大人小孩，二大爷留下的几个年轻人就往外撵人，劝他们离开，不要围着窗子。说疯了的人，越围着看他越疯。劝一个，又来一个，劝走一伙，又来一帮，而且，大道上还有从很远的村屯赶来的人们，整个命字井乱成一团糟。

何锁子娘扑在姐姐周染匠的怀里大哭起来："这可怎么办呢？这样的日子什么时候是个头呢？巴根琴师，啥时候赶到呢？"

这时，何锁子爹又跳到地上去咬那些手拿木棒的乡亲。何锁子娘找来一把锁头，咣当一声把丈夫锁在了屋里，任凭他在屋子里折腾。

街上村头，热闹非凡。还有一伙二人转班子赶来打场子，说是不收费。多少年啦，这儿过大年也没这么热闹。

第十章
心酸的记忆

命字井村，驱"狼精"道场仍在进行着。

在巴根给何锁子爹灌下青鼬汤后，他昏昏沉沉地睡起来。

这时，大家就趁机喘口气，歇了一会儿。

巴根望望昏睡的何锁子爹，说道："有没有剃头匠？他的头发长了。该给他剃剃头，清清火。"

这句话一出，立即传到村道上。

小孩们就喊："剃头来！剃头来！"

村里人山人海，别说剃头匠，什么样的手艺人都有，全来了。

在来的出名的剃头匠中，要属老宽城子的"河发堂"吴剃头的了。

提起这吴掌柜，他也是个"世家"。老家是江苏无锡，父亲是浴池修脚的老手艺人。他平时会剃头，别人就叫他"吴剃头"。

事情说起来也就巧了。西北命字井何锁子爹被狼咬，二大爷请菜园上著名的萨满神师"跳神"驱赶狼精道场一事，吴剃头也听说了，而且，老朋友董世田药师也约他说："走吧，一块儿去见识见识，有生意就做，咱也去凑凑热闹。"三劝两劝，吴剃头就和董世田奔了命字井。

你还别说，这几天生意真不赖。

当天，吴掌柜正给一个老者剃头。

突然一帮孩子冲了上来，喊道："让你去给何锁子爹剃头。"

吴掌柜不敢相信，连连说："不去不去。他现在可不是一般人。他一口咬上俺，可不是闹着玩的。"

这时走来一个大人，告诉他这是真事。他开始，还是不想去。但来人说这是神师巴根说的，要他给何锁子爹"推推头"，清清火。怕他害怕，那人又告诉吴剃头，何锁子爹睡了。

吴剃头问："真的睡了？"

那人回答："真的睡了。"

于是，吴剃头赶紧给那人收拾完了，跟着来人奔何锁子家。

他不能不去，这也是人家看得起他。后边跟着一帮小孩儿，大人不断地轰撵，闪开闪开。

吴剃头也是胆儿突突地，真的给何锁子爹剃了头，剃完了又回到院子里，和众人吃饭、喝酒。

全村的聚会和演戏就在何锁子家的院子和门口的大道上进行，二大爷陪着巴根刚刚坐下，一个在屋里看守的小伙子就跑来告诉大家，何锁子爹又醒了。

何锁子爹刚刚从昏睡之中醒来。

他先是慢慢睁开眼睛，接着"吭哧"一口，就把压在他头上的棉被咬开，一下子咬出一嘴的棉花，接着大叫。

他叫的声调很奇怪，不停地喊：

"灰子——灰子——灰子——哎呀——嗷呀——嗷呀——"

声音从屋子传出来，吓得人们放下酒碗和饭碗，从何锁子家里逃了出来，生怕跑得慢。

巴根说："看来青鼬汤没起作用，让我再去给他弄点。"

二大爷陪着巴根站起来。扎木苏重新递过师父的穿戴，巴根穿戴好，手举皮鼓，又重新敲打跳神。巴根给何锁子爹喂药，都是在他请"猎神"，去"狼精"的舞蹈之后进行的。而且一次比一次厉害、凶猛。

这天下晌，巴根已经做了五次道场，带来的青鼬汤也已喝完，可何锁子爹仍不见好转。

巴根说："老把头，我很抱歉。我实在无回天之力啦！"

二大爷说："什么？不行，你必须继续！"

巴根说；"我真的不行了。"他很真诚。

二大爷说："再治两天看看。"他不同意巴根不治。

"再治上五天、十天，也只是这样。而且，这是我几十年来没有碰到过的事。我再治，就彻底得罪了长生天啊。"

"那是为啥呢？为啥他这次被狼咬，这么地难对付？根由在哪？"

"你想听么？"

二大爷点点头。

"好吧，我告诉你吧。"

他于是分析起来咬他的这只狼，是只灰色的大狼，而且是只母狼。汉人不懂得草原上的动物的心，你们的行为伤了这只母狼的心。那肯定是一只正在给刚出生不久的小狼觅食的母狼，这样的狼对人的仇恨最深。当人们从它的口中抢夺已经属于它的食物时，它会发疯般地抵抗。在这样的时候，人就该退却。人，只是自然中的一个链条。人是一节，狼是一节，草是一节。这时人的这一节就该让位于狼的这一节。而人一旦不让这一节，它便会毁掉人这一节。

"怎么毁呢？"

"它一旦仇视对方，它会在撕咬对方时，把它身上的'狼毒'通过自己的牙齿结构，注射到人的肌体里去了。而这时它身上的毒，不是一般的平平常常的毒，而是它仇视人或自然时产生的精神的毒素。这种毒对人的神经有极大的破坏作用，那是一种摧毁了人的意志的毒啊！"

"所以，人会迅速发疯、发狂，并最后死去。"巴根又进一步阐述。

"可你不能见死不救啊！"

"我救过了，但救不了啊。"

"他还能活多久？"

"最多不超过十天啦！料理后事吧，晚了，恐怕连料子（棺材）都做不上……"

巴根说完，吩咐扎木苏备驴。

二大爷知道已劝不住特利尔巴根，只好谢过他，并在第二天的早上，送特利尔巴根上路了。

一只大灰狼，灰色的背，长长的毛，是一只母狼……这些印象是何锁子躲在旁边，听巴根对二大爷讲的。何锁子记得牢牢的、记死了。

东北人讲究人死前要看见自己的"料子"，但这往往指年龄超过60岁的老人，这是一种"喜丧"。可是，何锁子爹那年还不到50岁，根本没准备。二大爷记了巴根的话，告诉何锁子娘还是及早做准备吧。

在何锁子的记忆中，那些日子太痛苦。

屋里，是躲在炕上的发病的爹，院子里是两个木匠，给爹打棺材。

一口又大又红的棺材，是给没咽气的爹准备的。这是什么人留下的规矩呢？

娘的心难受。

何锁子明白，这将是爹最后带进黑土里去的一件"物"了，要好好地对他。

娘跟何锁子说："锁子，你爹死得屈，不能让他在土下再被土压脸，咱要做上好的棺木，这才能对得起他呀。"

娘求二大爷找来邻村的两个软木匠高手制作棺木。软木匠的手工是人人知道的，这种时候打料子要求又好又快。于是，何锁子家院子里日夜点着风灯，风灯高高地悬挂在院子里的房檐上、大树上，向院子里投下了昏暗的光亮，木匠们叮叮当当地凿木声在黑夜里传得很远、很清晰。

劈木做棺声，在夜里更加响，一下是一下。

老乡们也不睡，一伙伙地围在墙外，就着月光来看。一个个地打着唉声，说："得吸取教训呀，如果狼再到甸子上去抓猪羊，就让它抓去吧。叼走就叼走吧。这次，看看何锁子家，什么都领教了。"

人们说啥的都有，声音嗡嗡地传播着。

这时节，灰背偷偷乐着，躲在草丛里乐。它把那天从黑地印叼回去的猪肉，香香地嚼在嘴里，眼中射出得意的光泽来。

在何锁子家，爹脸上的肉越来越膘，呛人得很。大约是爹被狼咬十四天后的光景上，何锁子发现爹的脸色一点点变灰了，灰得可怕，这不是爹的脸色呀。

一天，何锁子放猪回来，村里人告诉他，你爹已经死了。

何锁子进屋一看，爹死了。

爹被一条被子盖着，直挺挺地摆在炕上。

何锁子要揭开被去看，被二大爷一伙人拦住，不让看。

他问别人和娘，爹是怎么死的，娘哭着说不出话来，二大爷指着炕上半盆黄米饭说："你爹是活活噎死的。"

这怎么可能呢？可别人都那么说。说那天中午他喊饿，要吃黄米饭，家里人给他做了一盆黄米饭。黄米是草原上的一种比小米稍大，颜色很黄，煮熟后很黏的粮食，做成饭吃起来抗饿；一般人吃一到两碗就饱饱的了，可是那天爹一连吃了五碗还说不饱，直到吃了大半盆，后来一下子就噎死了。

在农村，暴死的人挺不过三天。

爹当天就安葬入土。

何锁子和娘在二大爷的组织下，用牛车拉着棺材，把爹送到野外的甸子上，埋了。烧完纸，堆完坟，别人都退了。何锁子"扑通"一声跪在爹的坟前。何锁子说："爹，俺记住它了。灰背，大母狼。我一定把它的皮扒下来祭祀你。"

这是儿子的话。

这种痛苦深深地折磨着只有 8 岁的孩子。年年过年何锁子都到爹的坟上烧纸，正月十五送灯，清明去填土，每一次都是发誓要灭掉灰背大母狼，可是转眼十多个年头过去了，何锁子在一点点长大，可始终没有见过那条他亲眼见着双脚走过来咬死他爹的那条老狼。

这一年，他已经 20 多岁了。他的孩子已经大了。提起爷爷，他不能不像讲故事一样把爹的事讲给自己孩子听，可是对付狼的事情他还没有完成，不过每一年他都在研究、琢磨、寻找那条狡猾的大灰狼，终于他听说，在命字井的北边，有一个叫刘国忠的人，别人都叫他大哥，他可是对付狼的好猎手。

把何景海引见给我和把刘国忠介绍给何景海的都是孙正连，他是一位作家，又是乾安县旅游局局长，所以经得多见得广，他管刘国忠也叫大哥，于是大家也都这么叫开了。

他说大哥给他讲一个故事，比如说："玩。"

玩什么呢？玩生命吧。

有两个孩子，到草地的土洞里捕到两只狼崽，他们一人一只，各自抱着爬上两棵大树，这时，远远的大狼来了。

那是一只母狼，正是哺育自己孩子的时候，它发现人抱走了它的幼崽，于是狂奔而来。这时，两个合计好的孩子其中一个开始掐怀里的狼崽儿，狼崽儿发出痛苦的哀叫，大狼立刻奔往另一棵树下……

两个孩子就这么轮流地掐狼崽儿，大狼便马不停蹄地在两棵树之间疲于奔命，渐渐地，大狼奔不动了，它于是就爬；渐渐地，它爬不动了，就叫；渐渐地，它也叫不动了，口吐白沫，累死了。

本来这是蒲松龄在《聊斋志异》中讲述的一个故事，但这却是大哥刘国忠曾经实践过的一件事情。我们和何锁子决定去拜访大哥。

第十一章 古怪的猎手

大哥家住在北荒上于字井。

这一带地名都叫什么井，是从前土地划分时期按井田制想出来的一种地名方式，很别致。

大哥的院子，一进去，就嗅到了"狼味儿"。

一溜三间土屋，一口老井，一个小仓房，一个狼笼子。这里的一切，都跟狼有关。

为了把何锁子的故事续上，我们不能不全面地介绍一下大哥。尽管何锁子那时已渐渐长大了。

猎手大哥和何锁子，其实都是一片水土的乡亲。

大哥就从这口井中打过水来喂养小狼。他怕狼把井台扒坏，于是砌上了水泥的台阶。他本人常常端坐在这个井台上，观看对面铁笼子里的狼，经常和狼面对面地长久直视。

井台是一个很好的看台。

他常常望着狼，狼也望着他。狼可能是在想，这是一个什么样的人呢？

他也在想，这是一条什么样的狼呢？

他在这里面养过狼、喂过狼、圈过狼。

当然，后来这土屋变成了他的仓房。

仓房是北方平原上的农家不可或缺的堆放工具的地方。但是大哥堆放的不光是农具，还有一件件的狩猎工具，什么夹子、对子、坐脚、套子、老枪什么的，还有药葫芦，全都堆放里边。

大哥身后的这个铁笼子，就是装狼的笼子。

这是大哥亲自求人给焊接的一个十分巨大而结实的笼子，就在这个笼子里，大哥曾经养过若干个狼崽子。

小狼崽儿从小一点点长大，大哥又给它们换笼子，直到把它们养大，又派上了"用场"。

如今，这个狼笼子已经放在乾安县的泥林博物馆中了。

他自己将装狼养狼的笼子就摆在窗前，那也是为了记忆。

我们和何锁子等人去看他时，他给我们讲开了他和狼的各种经历……

大哥得过喉癌，手术后说话费劲，但从他嘴里说出每一句话都是神奇得让人听不够。

狼交配和下崽的日子这一带人记得很清。狼是阴历四月十五下崽。下崽前，它开始修洞。狼的洞是三角形。它们不知从什么地方总结出的生存经验和体会，把洞修成三角形，这样洞会结实和牢靠，而且洞成三角形，狼在里边可以站起身，里面的空间显得高。

狼的洞口一般都冲南，越是大风天它们越干活，这样土在洞门外，不管刮东北风，还是西南风都可以把洞口前的土刮走。它这是会"借天时"来保护洞和洞里的崽子。修完洞，它开始下崽。

一旦崽子下在洞里，它出洞有三四条道走，而且，在离开洞口 50～100 米，它的速度飞快，往往是"旋"，不让自己的足迹留在洞口，以免人们或别的动物跟踪找到洞穴。在 50 米或 100 米开外，它的道又分岔，往往是一条道，分出三四条岔口，让人找不到通往洞口的道。

但是，它只要生存就有影子。

这主要是一个屯村突然在一些日子里总出现丢猪丢鸡羊的事，于是细心的猎手明白了这一带准有狼窝或狼洞。

何锁子说："我这次来，就是让你帮帮我，帮俺来报仇。"

大哥说："你爹的事，我在十多年前就听说了！你就是不找我，我也在找它算账。奇怪的是，这么些年来，它一直没在这一带出现。它上哪去了呢？"

"它的特点是灰色的背毛。"

"灰色的狼，我也见着过。但都不是纯灰，背上都有一些杂色。可能这都不是它的后代。"

"你分析它能在哪一带？"

"这不好说，我得先探一探。它是一条十分狡猾的老狼啊！它出的事，与一般的狼不一样。好吧，等吧。等到明年春天，我有一个绝招，到时候让你看。"

什么绝招呢？只好等第二年的春天吧。

在北方，寂寞的冬季十分漫长。在这一个冬天里，大哥几次到了命字井，他和何锁子到雪甸子上走过，也去何锁子爹的坟前看过，更多的时候，他是沿着嫩江岸边的畔头走，他把周围几个村子黑地印和花淖尔村的情况，都熟记于心中。

他发现靠近嫩江左岸的花淖尔村，在最东头叫守珍嫂的人家，年年丢猪羊，而且每次都是在春四月十五之后的日子。

这个规律，让大哥心头一震。于是，一个主意油然而生。

年一过，北方的雪地开始静了。

冬阳平静地照射着大野。二三十天之后，雪原开始泥泞。头晌开始有南来的大雁"哏嘎"地鸣叫了。大哥和家人说，他要上命字井串门。

所说的串门儿，其实是到何锁子家去。

到了那儿，他就和何锁子住在一起，也不告诉他自己来的意图。白天，他就走出命字井。何锁子问他干什么，他说是去收猪毛。

何锁子说："我帮帮你。"

大哥说："不用。"

他每天去一个方向——花淖尔。

而且不时地大声叫喊："收猪鬃！猪毛！"

这个活计在当时的农村，是比较挣钱的生意。

人们不明白，好好一个猎手，为什么干起这个行当呢？这简直是风马牛不相及。

这些年来，草甸子一带的人被狼闹腾坏了。白天日子还稍微好过，就怕黄昏和黑夜的到来。仿佛黑夜一到，狼就到，"黑夜"几乎成了狼的代名词。天一黑，家家早早地插门上锁，不再外出走动、串门。许多正常的交往活动，都因为有狼，而不得不取消了。

特别是命字井，一到天黑，家家害怕。

自从何锁子爹死后，人们更怕。

在这一带，人们流传着天黑有人叫门别开的说法，特别是女人叫门。

有一个事，让人特别恐怖。

说一个老头，黑夜在瓜地看瓜。那是一天半夜，他刚刚睡下，就听窝棚外一个女人叫门："老瓜头，开门哪……"

"你是谁呀？"

"我是我呀。"

"谁呀？"

"开门便知。"

"可你是谁呢？这深更半夜的，你一个女人，进来不方便！"

外面不说话，却传来"吱吱"的叫声。在看瓜老头听来，仿佛一个女子在羞羞答答发出的声音，十分诱人。

老人实在没法，就打开了挂窝棚的门。一看，门口站着一个小媳妇，头上裹着一条花头巾，一步迈了进来。老头伸手去关门的时候，那女子突然摘下花头巾，一下子将他扑到了。哪里是什么女子，原来是草甸子上的花脸狼，把老头咬死了。

从此，草甸子村头都传着，天黑有人叫门，千万别开呀。这是狼吃人多了，学会了人声，专门来叫门，进屋吃人。

狼的话题，倒也使人在生活中有了内容。

话说有个老于头，下晌吃完晚饭出去串门。黄昏他回来，一进屋，就觉得头皮发炸。

老头很有经验。他顺兜掏出一块火石，蹲在门口就打开了。火石"咔咔"响，火星"哧哧"冒。打着打着，只听"嗖"的一声，一个东西从屋里房上的柁梁上下来，在他身上踩了一下，一溜烟儿地跑了。

原来，这是一条草甸子大狼。

它在黄昏时溜进村子，见谁家的门没关便溜进屋，然后爬上屋里的柁梁上先待着，等夜里人睡熟了，它再下来把人吃了。可是，这老于头有经验。因他一进屋就感觉不对劲儿，就知道屋里进来"物"了。他于是打火石，他知道狼怕火星。

狼的话题在草甸子一带，有各种各样的故事，无时无刻也离不开。更可怕的是，这种阴影一直笼罩着人们，影响着当地人的正常生活。

可是万物都有一"克"，叫一物降一物。如今这"一物"，就是猎狼大哥。

大哥是专门等何锁子来找他，这在当地也是习俗。一个猎手，不能打"过格"的"趟子"。

趟子是当地猎手们自己为自己划分的领地。如北坡是李家趟子（李炮手的地带）；南甸子是张家趟子（张炮手的领地），大家只能在自己的"范围"里打猎，互不"侵犯"。

这种千百年来形成的老俗，谁也无权破坏。

但是，如果对方来求你，情况就不一样了。就比如何锁子爹被狼所伤，如果命字井一带的人家或"炮手"不来"求你"，你也不便出手；一旦人家出头求你，你不出手，就不地道了。所以，这些年来，大哥一直在留心观察，却没有行动。

这次不然了。

这次是何锁子亲自下话，让他出山。

可是，让人不理解的是，大哥一答应，一出山，却在这一带干起了收猪鬃猪毛的活儿。这是什么打狼的招法呢？

每天，大哥在花淖尔一带走过，不断地吆喝："收猪鬃！猪毛！"

有认识他的乡亲就问："刘国忠，咋干起了这一行？"

他说："人生在世，啥行都干干。"

乡亲们哈哈笑笑。

他也龇牙笑了一笑。

一切，都在平静地进展着。不过人们心底奇怪，这个刘国忠，真是个古怪的猎手。

第十二章
智探狼窝

四月，北方原野春风浩荡。

绿草长得飞快。一早一晚，太阳明亮亮的，暖洋洋的……

这天，大哥来到了花淖尔。因他昨天听说守珍嫂家又丢了猪崽子。他故意出现在守珍嫂家房后的土道上，高喊："收猪毛！"

守珍嫂是一个出名的女子，丈夫在抗美援朝战争中牺牲了，她一个人带领着四个孩子过日子。如今老大老二老三都已出去另过，她一个人领着小四生活。小四也是常年在外跑活，她一个人领着小孙子、孙女在家。这天守珍嫂听见有人喊"收猪毛"，便从家里走出来。一看是于字井的刘国忠，她说："他大哥，这一春天的你都在这儿收猪毛，你一个猎手，就不能打打猎，干点儿正事？"

大哥说："打什么猎？也没什么可打的呀。"

守珍嫂说："打什么？狼还不够你打的吗？"

大哥故意说："狼？没有的事。"

"昨天，俺家的猪崽子丢了。这一带一定有狼。你给寻寻呗！"

"寻寻吧。"

"什么时候?"

"明天。"大哥说,"我得回去,放下猪鬃挑子,背着夹子来……"

守珍嫂乐了。说:"你如果背夹子来,我就给你做好吃的。"

于是,大哥答应了。当天晚上,大哥就对何锁子说了。

第二天,大哥从何锁子家出来,背着夹子从花淖尔经过,一连溜了三天,奇怪的事件出现了,花淖尔这一带平平安安的,谁家也没丢过鸡鸭羊猪,相反的是黑地印屯反而遭了灾。

大哥找好地方下完夹子,回到何锁子家对他说:"何锁子,有门儿,这老东西还在呀。"

何锁子早知道大哥所指的是什么。又问大哥:"肯定吗?"

大哥说:"让我再试试。"

这天,大哥又把猎夹换成了猪鬃挑子,又挑着来到了守珍嫂家的房后,喊道:"收猪鬃!"

守珍嫂笑了,走出来问:"你怎么又收起了猪鬃,不打猎了?"

"狼也没了,不打了。"

"但你总是在这一带转悠。你一来,狼也少了,你一收猪鬃,狼可能还来。"

"来我也不管了。收猪鬃是长远的正事,打猎不是正活。"

说完,他又说看看守珍嫂家养的猪,于是来到守珍嫂家猪圈门口,左看看,右看看,走了。

三天之后传来消息,守珍嫂家猪圈的猪崽子又丢了一个。大哥假装收鬃路过此地,他到猪圈门口看了看,捡了一根毛,揣在兜里。守珍嫂见了他,又拉住不放说:"兄弟,你能抓住狼,你行行好吧,我的猪又被狼叼走一个！"

"我不会。"

"你不是猎手吗？"

"我已洗手不干了。这不是，我从今开始彻底收猪鬃啦！改行啦。"

"你是不会改行的，你骗谁呀！"

"丢就丢了呗。我又没有猪。你又不给我猪肉吃。"

"给你猪肉吃，行不？"

大哥摇摇头，走了。

守珍嫂气得站在房头大骂：

"刘国忠，你还是个人么？乡里乡亲的住着，求求你都不行！你还算什么猎手？"

气得守珍嫂呜呜地哭开了。

太阳快落山时，大哥赶到了何锁子家。

进了屋，两人插上门。大哥从兜子里摸出从守珍嫂家猪圈上的木板上拿来的狼毛，二人在灯下辨认着。看着看着，大哥问何锁子："你看，是不是灰毛？你看！"

何锁子接过这根狼毛，看了看，又递给大哥，并说："你等等。"

"你干什么？"

"我给你看样东西。"

只见何锁子迅速跳上炕。他走到炕上的垛被的大柜处，突然取下被垛，一下子掀开了大柜，只听"吱扭"一声，他把头插进去翻开了。

许久许久，他从里面摸出了一个小布包来。打开小布包，里面有一个小纸包。他打开小纸包，只见里面包着几根狼毛。

大哥问："这是什么?"

何锁子把它递过来,说:"我爹咽气死了。我是越想越气! 不打死这条老狼,我这辈子死也闭不上眼啊! 这是我从我爹被狼咬躺下的那个地方捡的几根狼毛,留了起来。现在,你快对对,是不是同一种类!"

刘国忠接过何锁子递来的纸包,一根根地拿起来,走到油灯前认真地比对起来。

一个老猎手多年的火眼金睛,他看啊、辨啊,终于叫道:"何锁子,这毛的样式、亮度,还有打卷的弯形,都一模一样!"

何锁子一下子来了精神,说:"这家伙果然还在这一带活动着。过去,有多少猎手瞄不到它的踪影!"

"何锁子,你先别高兴,这家伙鬼得很。有一点的风吹草动,它准搬家。我现在是演戏给它看呢。"

"演戏? 什么戏?"

"守珍嫂让我给他找狼、抓狼,我这回表面上没答应她。为什么? 我不能当她面同意。因为我一答应她,她会露出高兴的表情。她一乐,躲在暗处的狼就会发觉。啊,原来是猎手注意上它了! 于是,它准会搬家,走到我们找不到的地方上去了。"

"真的吗? 这狼这么神?"

"这都是真的。因为咱们要对付的不是一般的狼,这是一条成了精的老灰狼! 它是个狼精。"

"真有你的!"

他乐得一下子把大哥抱在了怀里。

大哥又说:"但是,守珍嫂家成了试验'基地',以后咱们得好好报答她。现在先让她骂我去吧。这一段时间，你千万不要出门。"打定主意，大哥开始了他的实验方案。

时间虽然跨越了二十几年，故事又被衔接了起来。你知道这条狼是哪个？正是咬死何锁子爹的那条狼——灰背。

狼的繁殖和生育条件很优越，它们可以一直活二十多年，灰背正是当初被始祖狼赶出草原的那条灰狼，在嫩江岸边的草甸子一带已迅速繁殖起来。灰色是它的正宗家族，后期随之而来的大黑大青，他们的后代也不断地和灰背的后代交配，于是这一带的草甸子上已出现了一批杂色狼种。

可是，灰背仍然保持着自己的地位和正宗灰色。

它的性格，是固定和几条灰色的公狼交配，它不去轻率地找其他种类。更加狡猾的是，这么些年来它没太挪窝。因为它的窝十分隐避，它甚至相信一般的人找不见它，而且这些年来，人们也真的得不到它的任何消息。人们在这一带观察了许多年，灰背仿佛失踪似的不见了，它把自己隐藏起来，每一次行动，都是想了又想、算了又算。但它却不知道，这次碰上的对手可不是一般的人物。

大哥心里用上了劲儿，一定要擒住这条恶狼。可是他明白，必须小心。而且他告诉何锁子，他的举动和想法暂且不要对任何人讲。

这样，从第二天开始，大哥就开始在花淖尔一带的草甸子上溜达开了。为了哺育小狼，灰背的活动格外小心。它遵循着这么多年一贯的老经验。白天，他离开狼洞，先让自己吃饱，然后再进屯把叼来的小猪小羊什么的嚼碎，天黑后才匆匆又机警地赶往洞穴。

回到洞穴，它先把食物吐在地上，让崽子们吃，它自己又独自离开狼洞，到离这个洞口很远的地方去睡。这个地方起码离洞七八里地远，它是怕猎手顺着它的脚印找到小狼居住的地方。

对于大哥的出现，灰背是注意到了，但他只是一个背着挑子收猪鬃的人，而且，灰背也注意到了守珍嫂的情绪，它不是一般的狼。

头一次它偷了守珍嫂家的小猪，大哥没怎么样；第二次它又偷袭了守珍嫂的牲畜，大哥还是不管。这些，它从守珍嫂不满意的情绪中看出来了。

每当在一个地方作了"案"，它都习惯在第二天来到这个地方的草丛里，静静地卧在那里观察，主要是观察人的动静和表情。一旦人开始注意了它，它必须立刻挪窝——搬家！现在，它发现守珍嫂没有请动大哥，心里有了底。

大哥的心里是先找到灰背这窝崽子，先灭了这些崽子。不然它们长大了，又是一群灰背一样的恶狼！

它们的窝不好找，但大哥可以肯定，这东西在这片甸子上，没有走远。

一连好几天，在花淖尔甸子上，大哥从大北头往大南头撵，再从大南头往大北头寻。

这天，天落雨了。

原来地上清晰的脚印没了。它的脚印没了，或者说不清晰了，这是老狼接近自己孩子窝洞的迹象，它开始谨慎了、小心了，脚印断断续续，说明它"起旋"了，洞就该在附近了。于是，大哥细心地在草甸子上寻找老狼的踪迹。果然，它的脚印又出现了。

按照经验，大哥先往北走，倒着它的脚印码，看看它是在哪儿起身的。

码着码着，来到一处高岗的草甸子上，这是灰背新换的洞。荒草覆盖处，一些沙土台子上有一些小脚印儿，这是小狼崽子出来玩时踩的，在荒草后边，狼洞显现出来。这是一个三角形的洞口，大哥往里一瞅，里边七匹小狼崽。

小狼崽一个个闪着绿汪汪的眼睛望着洞外，样子仿佛很乖。但大哥不能判断是不是灰背的崽。

而且，从洞口脚印分析，大狼不在。

狼的脚印，后掌大，是圆形的。母狼脚更圆，公狼有些稍长。一般小时候前爪的两个甲爪不出来。大狼脚印奔向远方，更说明小狼在洞里。

在一般的情况下，猎人发现了狼洞，必须在这天的天黑前把狼崽弄走，不然大狼回来会发现人来过，于是它就会给孩子们搬家，让人再也无法找到它的孩子。大哥这时早有准备了。

捕捉和带走小狼崽，一定要注意不能让小狼崽的尿落在地上。

小狼为了生存，它有这种本能。它一旦被抓，就开始撒尿。它的尿有一股特殊的味道。其实这也是给大狼"报信"，告诉爹娘自己被"带走"的方位和方向，以便来营救。

狼属犬科，这一类的动物都有这样的本能。

小时候，人们常常见到狗走走就撒泡尿，我们人往往认为那是它自然的行为，其实那是它记道的办法，任何动物都有它维系生存的方式和方法。这真是件有意思的事情。

大哥本来准备了老皮袄，又带了一块油布，这是从前他家老雨伞上的一块布，准备包狼崽，可他万万没有想到，这一窝竟然是七个。

大哥先用老皮袄包上了四个，又用油布包上了三个，然后一前一后搭在肩上，立刻起身离开洞口。

他也学老狼。

他先从洞口往北走，那是奔往花淖尔村的方向。走了50多米，他突然往南拐，再走个200多米，这才折向西南，奔他的村子的方向。

白天把狼崽带走，远远地带走，而且，要注意别"上"狼道。

狼道，就是狼经常走的土印，这往往易遇上老狼。小狼崽儿一旦被人包上背走，它们不发出叫声，只是不停地撒尿。一会儿一尿、一会儿一尿，在它们幼小的心灵里，是想让尿味儿告诉爹娘，快来救俺吧。

狼是古怪的动物。

在大布苏淖尔、乾安湿地和三江平原湿地，在查干淖尔和嫩科尔沁草原，它们毛的颜色分春夏秋冬不断地变化着。白天，狼喜欢在草甸子上的洼中高卧着，它以为自己"居高临下"，占着好的"卧子"（地形），便于去巡视人和猪羊走动的样子。

狐狸往往在草甸子的高中洼。

它们喜欢躲躲藏藏，走沟串洼，不上高岗。

狼的生活主要靠眼睛和嗅觉，去对付大自然的一切。一旦将"气味"条件封锁住，它们的本领便发挥不出来了。大哥决定先把狼崽带回于字井。

大哥将狼崽背进院子，放在地上观察。

狼崽们围在一起不分开，拿走哪一个它们就叫，不安地叫，并且不吃食，直到今天大哥也没弄明白它们为什么有这种本能，于是大哥只好喂它们好吃的食物，什么烤熟的肉片、鸽子肉什么的。

　　大哥就这样开始了自己漫长的养狼的生活，他做了一个巨大的铁笼子，把七匹狼装在一个笼子里。

　　夜渐渐地深下来，野外开始安静，风在旷野上刮吹起来。

　　头几天晚上，大哥用三条大棉被将装狼的铁笼子捂盖起来，以免小狼发出叫声传递信号。

第十三章
与狼相处

夜，降临了，四野漆黑一片。夜风也起来了。

夜晚，灰背开始回洞给小狼喂食了。

这一整天，灰背都得意扬扬。它曾经数次从守珍嫂的房后经过，还趴在远处的碎草丛中观看。果然，守珍嫂在骂大哥："真不是个东西！还自称猎手呢！"骂完，守珍嫂就坐在自家的门口石碾盘上落泪，生气极了。

灰背老练地笑笑，嘴边的几根长须轻轻地抖动着，仿佛在为自己的盘算而庆贺。它真的多次都胜利，没有人能算计过它。它嘴边一抖非常得意。

当天快黑下来的时候，它才悄悄地离开守珍嫂家房后的草丛，奔往草甸子西头的土道。一来是天黑前，守珍嫂的孙子放羊回来，那条凶狠的白狗会跟回来。白狗嗅觉很灵，容易发现它的行踪；二是这时可以到放羊放猪人的甸子上叼只小崽吃一吃，吃饱了好给孩子们带回去。

它给小狼崽喂食叫"呧"，是把嚼碎咽进肚子里的食物，吐出来让小崽们吃。由于白天一天它出去打食，晚上回来时，它格外加小心。它往往是先不奔洞的方向，先在洞的四周 100 多米远的地方转上几圈儿，看看有没有人跟着。

除此之外，它是防"夹子"。这是一种猎具，那种大铁夹，猎人往往下在洞口附近的荒草里，它一不小心，便会骨折腿断。

有时，它发现洞外的草地上有特殊脚印或人踩倒了草丛，它便不回洞喂孩子；有时一窝狼崽儿会被活活饿死。猎人一旦发现大狼三天不回洞，必须快把狼崽儿"运出"，不然它们就饿死了。

这天夜里，大灰满怀希望回来见小狼。

它走近洞边，一看土上人的脚印。它愣了一下，没进洞；它叫了两声，里边再也没有孩子们的应声。应声，这是自然界里一切生灵的力量，也是一种幸福、一种安慰。一旦没有了这种回应，它们就变了，变得孤独和凶狠。

果然，它在洞口拼命扒土，不高兴，找崽子，上火，着急，蹦高高，大声叫唤，"喔嗷——嗷——"

荒冷的甸子上，响起它的惨烈的叫声，震得草在发抖，月亮似乎也显得惨白。"我是灰背！敢偷我的崽子！"月光照着，它是那么痛苦和悲哀。它把舌头往上牙膛上一搭，扬起头"嗷嗷叫"着，像是哭，仿佛有两滴眼泪闪着寒光，从它充满怒火和仇恨的眼角滴出。

它已明白，孩子们再也不在洞里了。它的眼睛渐渐地红了，急得喘着粗气。

这时，它把头向上扬了一下，又一下子低下头，接着把嘴插进草甸子的土层中。

狼有一种独特的本领，嘴在土中能发音，这是这种动物的绝活。它们是通过土和草的结构，将一种声波传出，传得更广更远。物理学上，这叫"震波"。

狼是在深入了解土层与土层之间，草皮与草皮之间的震动原理之后，使用了这种自然功能的。

"嗷啊——嗷喔——"

"嗷啊——嗷喔——"

声音起起伏伏，不断通过土地向外发出，并传向远方。那是一种悲哀和绝望后的歇斯底里的哀鸣，在漆黑的草甸子夜晚，让人震惊。

随着它"信号"的发出，很快就在升着星星的草甸子尽头处，开始有一对一对绿莹莹的亮光在游动。亮光越集越多，而且迅速集中，并且摇晃着，向灰背这边靠拢。

亮光开始是漫游，最后汇成片。那阴森森的荧光最后变成了大河，直奔灰背发出声音的方位流淌……

当亮光包围了灰背时，它仍在头一低一扬地叫着。最后，它终于停止了叫。因这时，它发现它的周围，已站满了围着它的一片大狼，有青背、黑背、花背，还有形形色色的狼族。

狼都停下来，都静静地看着灰背，仿佛在说，你看怎么办吧，一切都听你的。

它于是回头奔往离这儿最近的村子，那就是花淖尔。它的后边，成片的狼踏起尘土跟着奔跑。

那一晚，花淖尔遭了殃。

花淖尔村边几家的羊、猪，被咬死咬伤不少；许多人家的鸡、鸭、鹅什么的，都被灰狼咬死了。而且，它一连几夜地坐在村口长嚎，嚎得一村人不得安宁。

许多上岁数的老年人就说："谁得了它的崽子了，快还给它吧。"

"这叫狼炸营!"

"是啊，这些年了，没经着过。"

于是，家家防范。有的加固猪圈，有的重新翻盖鸡窝。一时间，这一带的人都警惕起来，生怕狼再次袭击。

但是，究竟是谁弄走它的崽子呢? 当地的一般人也猜不到，因为这种事，只有能人才干得出，傻人、笨人是干不了这一手的。只有两个人心里有数：一个是何锁子，一个当然就是守珍嫂了。

这天在集上，大哥遇见了守珍嫂。

"是不是你干的?"

大哥只是笑笑。

"你还笑，我们全屯子睡不了觉!"

"可你的羊，从此不丢了。猪，也不丢了!"

"等着吧，它会找上你们屯子!"

让守珍嫂说着了。

大约是大哥把狼崽背回去的第五天夜里，天黑后，他们屯头的甸子上，灰母狼寻崽来了。

它也是坐在高岗上，对着村里开嚎。其实它是各村试探。它的声音一起，就见一只只小狼立刻跷起两条前脚，用两条后腿搭地，竖起一双双小耳朵，听着妈妈在"哭"。然后，它们一个个地也开"哭"，叫声极其难听，仿佛在说："妈妈，我们都在这里。好想你呀……"

可是，它们的叫声，全让大哥的厚厚的棉被给捂住了，一点儿也没透出去。于是，大狼叫了三天，没有回应，它就离开了。它以为它的崽子不在于字井。

七匹狼崽中，有一匹是它们的"头狼"。这个家伙天生的头种，别的小崽儿吃东西，它往往在一旁对人龇牙，一副发狠的样子，大哥决定先对付它、教训它。大灰的这批崽子全都遗传着它的性格。

开始，它们集体不吃食；每当喂食，小狼崽们都瞅那匹小头狼崽，于是，大哥把这匹小头狼崽分出去，关在另外的笼子里。给其他小狼崽喂食，要用家狗来引。

其实，狗喜欢小狼崽儿，逐渐地，大哥把每一个小狼崽放进每一个装狗的笼子里去，狗拍着它睡觉，不咬它。这让人想起一种理论，若干年前，狗就是狼，后来人把狼驯化了，变成了狗。起码它们是一科，属于同类。

在一起居住时，狗一走，狼便着急。它虽然表现出和狗一样的"乖"，取得狗的"信任"，但对人，它还是"恨"。

人喂它时，它没有表情。大哥从树上摘下青杏子，扔给它，它张口接住，也"咔嘣咔嘣"地嚼着吃，但是眼睛闪着警惕的蓝光。那是一种恶毒的眼光、仇恨的光。

狼的毒，在它的心里——时时警惕着人。

狼在野甸子上打食，顶风走，这是为了听动静。如果前边草丛里有土耗子在走动，它可以从草与草摩擦发出的细微的声音中分辨出耗子离它多远，是公是母，是胖是瘦。而耗子，却听不到它的动静。它在野甸打食，是蹲在草丛里。

大哥家的这七匹狼崽儿，也一只只地蹲在笼子里。它们用眼角看着外边的人。人一瞅它，或一瞪它，它便发威，嘴里发出"哼哼"声，向人类展示它的威风，牙也龇了出来，嘴巴上新生出的毛立刻挓挲起来，一副让人恐惧的样子。

有一回，大哥家来了客人，到小头狼崽的笼子前看它，它开始向人发威，大哥打了它，它见了大哥就发出凶恶的哼叫声，好几天都用斜眼看大哥，意思再明显不过了：别让我出去，一旦我自由了，首先干掉你！

大哥在心里骂道："狗东西！"

一段时间，它一直和大哥耍威风。一看大哥经过笼子，它便怄气，站起来，把嘴插在笼子的铁栏杆缝里，向大哥示威。

大哥打它的嘴，打出了血，它也不抽回；而且，大哥嗅到它的嘴里散出的一股奇特难闻的味道，险些把家人和村人熏倒。

狼身上的味儿，是它的保护层。

它平时顶风走，也是为着让它身上的味儿飘向后方；一旦风向变了，它要收住"气味儿"，立刻重新选择方位，不停地忙乎着，不然，怕自己呛自己。

大自然之中，动物的食物不是那么好得的，看见猎人来了，它在高地上立刻选择往哪边跑；看见牛羊，它去追，有准备；它心中时刻想到的是"孩子们"在等着吃的。为了孩子们的生存，它觅食的胆量越来越大，它疯了一般，几乎是红了眼；见羊群猪群就追，叼起就跑。它能抓住比自己大两倍的猪，甚至可以大胆地去抓驴。

东北平原上的驴，是比较大的动物。但驴傻，在这一点上，它们的心眼儿没有狼多。

狼抓驴有一手"绝招"。狼发现了驴，先是卧在草丛中观看。它是在等，等驴吃草时头掉过去，把后身露出来。因为草地上的草是圆形生长，驴必然会有后身冲着它的时候。这种"角度"一出现，狼便站了起来，飞一般地奔上去，一口咬住驴的尾巴。

驴感觉自己尾巴被拖住，就使劲往前拉，这时狼适时地猛一松口，驴一下子跄倒，趁驴栽倒在地还没翻身爬起来时，狼上去一口就咬断了驴的喉咙。

驴喉管处是一大堆肉，狼只一口，这驴就永远成为它的胜利品，就是送给别人，别人也难以下咽。这是因为，驴肉从此变了味儿。

狼的嘴是毒口，狼呼出的气，是毒气。

它对着要攻击的物哈出一口气，这个物就被熏熟了、烂了。所以人们说狼的口是锅，咬一口，肉就熟了。狼咬过的动物狗都不动，所以民间有"狼吃狗不捞"一说。这种毒，只有它能呼出来。

人说最毒的是狼心，是说从这个心中发出的气，是毒气。所以民间有：狼心、狗肺，兔子下水——是毒水之说。人要和狼动心眼儿，人才能逮住狼。

东北甸子上的狼，人只要在土道上横个树棍，它见了都不迈；猎人下夹子，放个草棍，可它一看是没根的草棍，于是不踩。

当猎人发现了狼道（狼走的脚印），猎人把夹子放在狼道上，在道的两旁各放上一根草棍，它于是就朝没草的地方过去，反而被夹子打住了，这就叫聪明反被聪明误。

打狼的人必须要比狼还"鬼"，不然打不住它。比如下夹子。

下夹子，会使土变颜色，狼一发现土变颜色了，它便不走；为了让它走，猎人便让风来"吃土"，又叫"吹土"，就是让风把埋夹子的土吹刮成自然的颜色和形状，再在旁边放上草棍儿，于是狼才能被打住。

狼是食肉的动物，小狼也是这样。

小狼崽儿七八天吃不着肉腥，它的毛发就发"锈"了，灰秃秃的，没有光泽。一喂肉，狼毛第二天就油汪汪的发亮。

狼的胃和消化系统非常好，吃进动物，连一点骨头渣子也没有，全部都消化了。人们所说的"吃红肉拉白屎"，一旦它吃了骨头没消化又拉出了骨头，这叫"穿堂风"，这根穿过狼的胃肠而没有消化的骨头就成了一种上好的中药，专治抽疯病。

大哥说，有一回，他捡了一根。

那是狼的粪便中的不大的一根遗留物，后来有一个老头得了这种病，熬水一喝，便治好了他的老病……

人们发现，狼吃动物时，对方的牙床子、蹄甲子不吃，剩下的什么骨头都可以吃下去。它吃动物，往往先吃五脏，什么肠子、肚子、心、肝、肺，然后吃肋巴扇子，再吃后屁股蛋子，然后顺着吃下去。

狼对付一切动物，都是先从脖子下口。

狼牙带钩，叼上对方就下不来，想脱逃是不可能的。狼使世人害怕是因为它要征服人和自然，它保护自己的崽子，把落脚点限制在一定的范围内；它们一窝一窝地生活在较为固定的地方，如老乡和屯邻一样地居住，不乱走。

它的身上有一种对自然的威胁力。

在月黑头的深更，驴、马、骡套在车上奔走，一有狼时，牲口们开始打鼻（让鼻子发出响声），那是"壮胆"，也是信号，是它们看着了。它们有"瘆人毛"。

狼见来了车马，立刻趴下，但是驴还是看见了，于是狼立刻跑了。驴儿很傻，特别是草甸子上散放的驴子，一见狼跑了，驴回来找，想看个究竟，这时狼一个高跳起来，咬住了驴的尾巴，用老招子把驴咬死吃掉了。

　　大哥抓狼、养狼的消息在大布苏淖尔、在嫩科尔沁一带传开了，家家户户，大人小孩都知道，于是大哥家几乎成了"旅游观光"的景点，每天前屯后村，南来北往的人都来看。

　　有一天，大白天关在笼子里的一只狼撞破笼子跑了出来，和大哥家的一只老狗一起出了院子。当时，土道西是老徐家，狼和狗进了老徐家院子，并钻进人家的鸡架里去了。

　　大哥赶来了，大喊："出来！"

　　它们不出来。不一会儿，狗自个儿出来了。

　　狗摇着尾巴坐在地上。狼伸出头，朝着大哥和围观的人龇牙咧嘴，没有人敢靠前，大哥的儿子用一根碗口粗的榆木杆子去捅它，它一口咬住杆子，接着咔咔几口就把榆木杆子咬成了几节。

　　大哥做了个套子，冷不丁一下子套住它的头，几个人上去绑住它，它才熊了，于是大家像抬猪一样把它抬了回来。那是冬天，遍地的大雪，刚刚过完年，还没到正月十五，可是大哥家狼跑出来的事情让全屯人心里发怵。天刚一黑，人们就不敢出屋了。

第十四章
母狼灰背

在漆黑的夜晚，灰狼崽子的叫声传至荒野。

那不是一般的叫啊。

那是它的骨肉在凄惨地嚎叫……

开始，灰背一听到崽子的叫声，它立刻竖起了耳朵，这时，当它辨别清楚声音是来自于字井，它一下子蹿出洞子，奔向了茫茫的荒野。

在它的印象中，认为人还没有谁敢这样地放肆，竟然把它的崽子偷去，而且还鞭打它们，就是有些猎人大胆地偷去了它的小崽，也是偷偷摸摸，不敢留下一点儿痕迹，如今这个人也太狂了，竟然连偷带打，我要去毁掉这个村庄。

它发狂一样地奔走，沿着嫩江古道，然后又向右一斜，奔上了嫩江甸子。

湿地甸子上狼的故事最多，母狼的故事最为生动。公狼和母狼交配之后，公狼就走了，再也不会和母狼见面了。所以，所有的狼都是不知道自己的父亲是谁，也就是说所有的狼都是没有父爱的。

故事说的其实也是现实，公狼和母狼的爱情其实极其短暂，最多不超过三天。交配更短，往往是几分钟的事。然后公狼一走了之，翻过一座山或蹚过一片湿地，公狼又可以找到自己的新欢。可是母狼从此要生养自己的骨肉和哺育自己的崽子。小狼在母狼腹中一点点孕育，最后在荒凉的甸子上落草了，母狼扒出一个洞让孩子住下，然后它出去打食。

为了孩子，母狼出生入死地去干一些冒险的事。

湿地的人都看到过狼捕食。一个放羊的孩子亲眼见狼把它的羊叼起来，往地上一下摔死，然后把羊往肩上一背，扛起来走了。

母狼先把羊扛到别处埋起来。

它先不吃食物，等攒够了再吃一口，回去喂小崽。狼咬人或所有动物都远离它的窝，是对小狼的一种保护，不让危险靠近孩子们。

狼的生存世界其实十分丰富。不知道湿地上的人们观察了多少年月，才这样清楚地认识了狼。

我在王族的《一只狼的 14 天》中也了解到，其实湿地的东北狼和新疆草原上的狼都有一种共性，似乎有一种哲理性的东西存在于人类和大自然之中。小狼从生下来成为一只狼是它一生中最为幸福的时刻。白天等着母狼晚上送来好吃的；夜里在母亲温暖的怀抱中入睡，即使刮再大的风，下再大的雪，都有母爱为它挡着。小狼慢慢长大，母亲就教它一些生存的技能。任何一只狼都不会显得太笨，很快就学会了很多本事。狼的成长实际上就是一个天性苏醒的过程。直到有一天，母亲要领它离开洞穴，母狼不会告诉小狼今天去干什么。

那是一个凄风苦雨的天气。

来到一片开阔地了，大狼飞快地奔跑起来。小狼害怕被扔掉，便紧跟母亲奔跑，但它毕竟还小，慢慢地被母狼扔在身后。它恐惧，大哭大

叫，但母狼却不停下，它反而加快速度。慢慢地，母狼的身影在旷野里
消失了……

小狼感到极其孤单，它拼命地朝着母狼奔去的方向追赶着、追赶着，
但是，荒芜的地里，再也不见母狼的身影。于是小狼对着漫漫的荒原旷
野嚎叫几声，便转身而去。

从此，一只狼才开始了它真正的生活。多少年之后，它长大或自己
成了母亲时才明白，母亲弃自己而去，实际上是教会了自己奔跑的要领
和绝望中生存的能力，这是一种精神能力。作为一只狼，只要学会这两
种本事，就不会再有什么事能难住它了。

于是，草原上的狼从小到大都有它的一个始终如一的性格，它顽强
得使人惧怕，这也许是狼一代代传承下来的能力，在孤独和绝望中生成、
发展到最后的灭亡。这可能就是人们怕狼的真正的原因。

彪悍的狼生长在荒凉的草原上，也使这里的人生出一种生存的能力。
其实这也是自然的生态链。首先是人要保住自己和保住牲畜。于是就得
去观察狼，看狼咬牲畜时，看透它的性格。

比如吃牛。当一群牛在草甸子上吃草，狼开始奔牛群冲过去，多大
的牛帮，它也不惧，它顺着牛前行的方向转圈，找牛群的后尾。

牛群的后尾，往往是一些老弱病残，特别是牛犊子多。它是奔这些
来下口的。

来逗牛群的，往往是两只狼。它们像商量好了似的，一只顺着牛跑，
一只却趴在地上望。当顺着牛群跑的那只狼一旦咬着了牛犊子，牛犊子
往往疼痛地立起来，这时另一只狼立刻奔上来，上去一口。只见牛犊子
一倒，牛犊子肚子开花了。从远处看去，只见青草一黑，牛准完了。

那是血雾，飘荡着弥漫起来。

狼咬完的牛，不出多少血，却升腾起一股灰蒙蒙的雾，像在锅里蒸过一样，其实那是一种毒。

它霸道，它的嘴就含毒，咬过的东西，只有它能吃，别的任何生灵碰到都要染上疾病，或疯或死亡。

湿地上的狼，咬死许多动物，鼠哇、兔哇什么的，它有时来不及带走或吃掉，被远来的狗赶上了。但是，狗到了"肉"跟前干打转转，不上。

狼吃过咬过的，狗不吃，狗没吃完的，狼吃。这就是俗语说的，狼吃狗不捞。

狼孤独的性格从小就养成，但一旦它有了危难便开始找伴，而且十分的神速和准确，所以外出的人很害怕惹孤独的狼，一旦惹上，他的灾难也就来了，特别是惹上母狼。

湿地上，狼下了崽子一窝往往是七八只，每个狼洞之间相隔十里二十里或三五十里的距离，它们分开打食。小狼睡觉时，大狼把它们一颠一倒地摆放，就像摆放一样可爱的东西。每个窝里一定会出现一个"王子"，也就是未来的"狼头"，从它小时候的表现就能看出苗头。它在窝里趴着时，总上别的小狼身上，不听话，是个独特的东西。

其实，再奸的动物也精不过人。细细一品，人还是高级动物。但这也许就是人不能很好和动物与自然相处的开始……

动物在野外生存，它对自己的生命极其爱惜，对危害它崽子的外界事物，它往死里毁坏它，而这阵子它会产生出连它自己也意想不到的能量。母狼灰背和母狼黑背在雪原上相遇……那年冬天雪大，它们一块儿去觅食。

突然，它们发现，一只野鸡，肥肥的屁股在雪原上扭动。

大概它们都知道，冬天的野鸡一见动静就一头扎进雪中顾头不顾腚了，于是一起动奔上去。

可是，就在这时，只听"嘭"的一声，躲在雪堆后面的猎手开枪了，奔在前面的黑背一个跟头栽在雪原上……

灰背看得很清楚，黑背的肚子破了，肠子流出来了。

灰背以为黑背死了，又见猎人从雪堆后面站起来开追，它急忙掉身要逃，可是就在这一瞬间，它看见黑背猛然从雪地上跃起，嚎叫着扑向猎人。那伤体把雪白厚冰划开一道深沟，雪沫像白色的海水，以它身体为轴线往两边分开，直喷向空中……

猎人吓毛了，吓傻了。

寒风吹刮着，黑背搅起的血雾遮盖天地，荒野雪原一片朦朦胧胧。

灰背以为猎人该举枪射倒黑背，可是，猎人竟忘记了开枪。只是愣愣地观看，就在这时，受伤淌血过多的大狼黑背突然一个前扑，自己一下子跌在雪窠子上死了。在它的身后，是一条条的血线，划在它用身体蹚出的那条大雪沟中；寒风刮起凌乱雪霜，在空中飘了半天。

灰背知道，黑背扑食是为了养大它那几个瞎孩子。春天时，有一日黑背不在洞里，它的几个小崽子让猎人用钢针刺瞎了眼睛，从此它们失去了觅食的本领，一切靠母亲抚养。黑背是为孩子们死的，这以后，灰背把黑背的崽子养大，又让它们独立了，可是，同类死前的悲壮，让灰背至今忘不掉。

一切都布置好了。

这是一个大口袋在天地间张开，这是一个圈套，去圈一个长年在荒野的自然中生存的生灵。

生灵都一样。每时每刻都在生与死两个范围里存在。许多人达到了或躲过去了，都认为是命或缘。其实都不是，是一种归宿，自然的归宿。那种自然的归宿在等待着每一个生命，这也是人类和大自然的一种平等的属性。

发了狂似的灰背在嫩江荒草甸子上奔跑，它一心想的是崽子，耳边风呼呼响，风中送来崽子悲哀的哭声……

它想起崽儿的可爱，现在是可惜、可怜，于是它四腿紧蹬，飞跃在荒草尖上。

突然，"咔"的一声，它觉得是什么拉住了它的左后腿，顺着惯性，它一个跟头翻滚出两三米远，重重地摔在荒草地上。

它冷静了一下，这才觉得出左腿后跟传来钻心的疼痛，灰背的鼻尖惊出一层热汗，它明白，这是踩在了猎人安放的夹子上了。

可是，它咬断自己一条腿，跑了。

一入秋，灰背在草甸子上奇迹般消失了。

入冬，头场雪还没落下。大地干燥，但寒冷无比，正是打苇草的好季节。大人小孩都出动了，连妇女和姑娘们也走上了草甸子去割苇割草……

古老的嫩江穿过八百里瀚海浩浩荡荡向远方流去，在它的两岸留下来的不光是无尽的荒原和白碱土、湖泊和大片的草甸子，还有独特的自然景观苇海，当地人称苇塘。可能世界上产苇最多的地方就是东北湿地那无边的瀚海平原了。

从前郭尔罗斯草原到查干淖尔，从白城子到镇赉和套保，从乾安的大布苏淖尔到黑龙江的哈拉火烧，从骆驼圈子到骚包营子，从二小姐窝棚到额么黑、白等召等处，到处都是无边无尽的苇塘苇海。黑龙江三江平原上的许多湿地也生长着大量的这类植物。

有人又把苇子叫作地球水分与阳光的吸管，你瞧它真像一根根管子插进泥土，进入土壳深处，去沟通大地与自然空间，特别是靠泡近水之处，夏季越是水源充足，它们生长得越是茂盛，而且连成片。

东北的大苇塘一片往往几十里、几百里长，一人几天无法穿越。从前诸多的土匪胡子就凭借这种地域，开出一片用场，把自己的大营驻扎在里边，多少官兵也寻不到他们。

苇的根部在水底泥中串连，不需要人工栽培和管理，年年自然生长，于是自然形成了一种天然屏障。

收苇、割苇一般都在下霜落雪之后的深秋或初冬，大地已完全封冻，湿地气温下降，水分收缩，气候干燥，于是割苇开始了。

冬季，嫩江一带刮起了漫天大风雪，瀚海泡子结上了厚厚的冰。秋天时虽然苇子已长成，但那时由于苇塘泥泞，人们下不去脚，人们只有等待严冬的到来才能割苇。

严冬的风雪就是号令，是开始割苇的时候了。

湿地周围一带的人家开始忙碌了。

割苇人家也被称为苇农或养苇人家，这时，随着霜落雪飘，他们开始上集镇了。

集上的家家铁匠炉，炭火烧得通红，整日地打着割苇的大扇刀和推刀。

扇刀，是一种杆约一米五或两米长短，头上安上扇刀。扇刀呈月牙形，二尺多长，宽宽的刃。割苇的人双手握木把，将身子和腰一同向一方扭动，于是带动大扇刀唰唰地将成片的苇子扇倒。

推刀是一种安在架子上的割苇工具。

推刀架像一张立起来的炕桌，底下安上刀。刀的背上有两个鼻，鼻上带眼儿，用粗绳拴在刀眼上，前面是套，套牲口拉，也可以用人拉动。

用力往前拉时，后边扶刀的人将推刀安放在冰面上，只听咔咔作响，于是大片的苇子便齐刷刷地贴冰面被切下来。

经霜经雪的芦苇，根部很脆，而且苇管已经干燥无比，刀一上去，立刻断折，一个推刀手一天割一千捆芦苇简直不成问题；一个扇刀手，一天扇倒五亩、十亩芦苇，也是不成问题的。

但是，冬季割芦苇是极其辛苦的事情。

首先是寒冷而荒凉。

通往苇海深处的雪道荒凉无比，越往里走，越荒凉。人在冬季的冰原雪野上割苇，走进来，一待就是一天。因路远，走上半天才能到达，不可能当天返回，有人当天回到家也得深更半夜了，于是不少的割苇人干脆带上车，领上狗，宿在荒原的苇塘里。

那儿，割下的芦苇一片片的，就像被子铺在冰面上。

可是，夜里的寒风冷雪，真使他们受不了啊！

他们把辛劳化进勤奋的劳作之中。他们自带干粮，往往是家里锅贴的大饼子，蒸的窝窝头或过年前淘米蒸的黏豆包。菜就是咸菜疙瘩或咸菜条。有的人为了省时省事，干脆就炒上一包爆米花，渴了就吃冰吃雪。不少割苇的人到老牙都冻坏了。

割苇的常常还有女人。

在湿地的周围一带的村落之中，男人能吃苦，女人也都很能干。女人们往往起早贪黑地忙完家务，然后就和男人一起奔往苇原。

这些勤劳的女人不亚于男人，她们照样一天天地和男人一起在寒冷和荒凉中割苇。

冬天的苇塘荒无人迹，割苇的人常常和狼不期而遇。狼在冬季无什么可吃，对人特别凶，有时割苇人不得不停下手中的活计，和狼对峙，以保住拉苇的牲口。

冬季雪大，割苇人冒着雪割苇。有时苇被深深的雪埋住，他们还得抠芦苇。人们对苇子亲，因为这是钱，割完拉回来变成钱，就能解决人们的急需。

这一年入冬，人们敢于大张旗鼓地走上荒甸子割苇，多少也是因为猎手大哥将灰背的威风杀了下去，饿狼灰背已经有日子没出来了。就是出来，它是一只瘸狼，也成不了大气候，因此，野甸上的人们出来得也就多了。

那时，芦苇开始值钱了起来。

因这一带的泡子出鱼，冬季甸子上的人家把苇拉回来，编成各种渔具卖给捕鱼人家，因此，这一带的编织活路看好，而且很多工具都出自苇。如粮食囤子，"芡子"（装粮的一种用具），都是由苇子编成的一条二尺或二尺半高，几丈或者几十丈的席带。冬季冬捕打的鱼，全靠车从冰上拉出来，就需要用芡子把鱼起垛，这样就可以多拉多装。

芡子这种用具查干淖尔人几乎没有不会编的。编法同农村编席差不多，要经过剥苇压苇阶段，将成根的苇子破开，使白白的苇皮发软，然后开编。

冬季捕鱼，用苇量是巨大的，冰上、车上、鱼店处处都用苇帘子和苇芡子。同时，捕鱼还直接使用苇子秆来作为工具，这就是须笼。

须笼是一种下在泡子边上的捕鱼工具，用苇子编成，不过不是苇子皮儿，而是整根的苇子。须笼就像一条龙，弯弯曲曲地卧在泡水的沟沟汊汊或苇根丛里，鱼儿上了浅水，就顺着一头钻进了须笼，钻进去，最后出不来了。

须笼的用量很大，而且是捕鱼人时时刻刻离不了的生产工具。从前梁子上捕鱼，也有用苇子来做箔的，以后用树枝来代替了。

还有，查干淖尔一带的房屋和江边的网房子，往往用苇子来做房盖，用苇子做的房盖厚实、整齐，压风撑雪，既经济又实惠，是科尔沁草原一带渔民很喜欢的一种建筑材料和生活材料。

苇在北方人的生活中用途非常广泛，比如苫房和护霜的草帘，捕鱼的"须笼"和"陷"，大车装粮和储存粮食的"囤子"，还有家家炕上的"炕席"。总之，许许多多农用工具全靠女人们用手创造。

在天气晴朗的冬日，女人们在苇堆中间开辟出一块空地，四周是山一样的苇垛，她们在中间干活。

天虽干冷，但周围的苇垛挡风，中间的场地经阳光一照，反而窝风又暖和。这是一块热闹而有趣的场地，一些妇女往往把脱不了手的孩子带到她们劳作的苇场地中间，她们则麻利地挥动着双手，投苇、勒经、上卷地编起各种工具来。

有一家子，老两口儿领一个小子，那小子也就十六七岁。看割苇子编织来钱，就从收苇席的老客那里预支几个钱，赶着一辆马车就开进了草甸子。

那时割苇人带着干粮，吃喝都在野外。可偏偏到第四天头上，这一家带的粮食不够了，于是老两口儿就让儿子骑马回屯子去取粮食，带点菜来。

儿子是晌午走的，预计下晌就回来。谁知这一走，就出了事。

老两口儿心里想着这苇值钱，割一刀，就是钱哪，这一捆换棉裤，那一捆换棉鞋，再攒些钱，几年后好给儿子说媳妇……

两个人正干得来劲儿，老头子抬头一看，苇草的深处出现一些晃动的身影往这边靠拢。老头子大叫一声："不好，狼来了！"

老太太吓得说不出话来。

还是老头子来得快，说："快跑！"

于是两人撒腿就跑！

一看两个人蹽了，狼迅速地在后面追赶，老两口儿吓坏了。可是看看四周，没有山，也没有树，往哪躲呢？正着急的时候老头一眼发现了自家堆的苇草垛，就提醒老伴儿爬草垛，老太太刚刚爬上草垛，狼就赶到了。

狼拼命地往上蹿，也想上草垛。可是，那草垛的苇皮儿很滑，狼一上一滑，一上一滑，一条也上不去。

老头和老太太挺得意，心想，等一会儿儿子取粮回来，他身上带有枪，他又领着狗，只要狼上不来，就能得救了。

老两口儿坐在草垛上望着下边。

下边的狼有六七只。而且，老太太突然发现有一只狼，坐在草垛不远的一个土包上，只见它这时站了起来，一瘸一拐地奔向草垛。

老太太突然叫道："老头子！"

"干啥？"

"你快看，那只狼怎么是三条腿！"

这时，老头也看明白了，那是一只三条腿的狼，它满身披着长长的灰毛，毛在飘动着，使它显得很威风。

老头突然想起了什么，他吓得惊出了一身冷汗，说："老婆子，这家伙是不是咬死何锁子爹的灰背呀？"

老太太说："对呀，可能是它！它不是让于字井的猎手大哥给打折了一条腿吗？对，正是它，这可咋办呢？"

老头儿心里也慌，但是故作镇静地说："别慌，它一只瘸狼，看它能咋地！"老头说是说，心下也在发抖。

瘸狼灰背，在整个夏天都躲在它的洞中。它不出洞，一是养伤，二是想计。它不停地用它的舌头舔它的伤骨，舔啊舔，一点点地，那伤口愈合上了，皮也包上了，断骨处甚至长上了毛。但是，那腿骨没了……

腿骨没了，就是恨，它更加恨人。

那次它在嫩江岸边的草甸子上，眼睁睁地看着猎手大哥和他的儿子溜走了，它感到了自己的苍老，于是它把自己关在土洞里，一夏天也不露面。如今，秋风一起，它身上的肌肉健壮起来，心中蓬勃起了奔走的欲望，于是它出山了。

草甸子一带的狼在整个夏秋季都在照应它们的狼王，这是传下来的规俗。就是这次外出打食，它们也是抬着灰背行走，群狼深深地相信，灰背永远是它们的头狼，直到有一天它不存在了。因此任何行为，它们都看它的眼色行事。

当老两口儿爬上草垛，灰背坐在两只狼身上，静静地看着狼群攻击草垛。当狼群一次次地从草上滑下来的时候，灰背心里有了一个奇特的打算。现在，它奔草垛走来。当它来到草垛前时，突然张开嘴一口咬住一绺草然后头猛地向旁边一晃，于是一绺苇草便抽了出来。

它一连用嘴抽三次，然后把草放在边上。

这时，它回头看了看众狼，突然仰天嚎了一声，仿佛在说："看见了吗？就这么干！"

狼都把头仰起来，也冲天嚎了一声，仿佛在回答："看见了。"

于是，灰背又一瘸一拐地走回高一点的土坡，就地坐了下来。这时，群狼开始行动了。

这些狼小跑着奔向草垛，来到草垛前，它们也学狼王灰背的样子，先用嘴去叼草，然后放在一边。只听狼抽莘声沙沙作响，高大的草垛在慢慢地下沉了。

啊，狼想出了这样一个土招，真是让人没想到哇。这是一种十分狠毒而又见效的鬼招，就是再高的草垛，也架不住它们一把把地将草拽下去，而且狼集中在一头拢草，用不了多久，那里便会出现一个上坡，狼可以毫不费劲地冲上去。

怎么办呢？老人活了这么大岁数，全然没有遇上过狼用这一招对付人。老太太绝望地推老头说："老头子，看来明年的今天是咱们的周年啦！咱们要毁在这帮家伙的手中……"

老头子说："别急，让俺想想办法！也许咱们儿子马上到了！"

这时的狼更加不停地用嘴抽草，有的狼累得嘴冒白沫，停下来喘息。可是抽草的狼一停下来，灰背就对它发出哼哼噜噜的叫声，仿佛在威胁不抽草的狼："快干，不要停下！时间就是成功。不然，一会儿会有人来的！"

那些被灰背威胁的狼，立刻又投入了抽草之中。

草垛的一侧在渐渐地塌了下去，一个斜坡形成了。

这时，灰背又仰头冲天嚎叫两声，众狼停止了抽草，灰背一瘸一拐地走上来，在一只大狼的身上上上下下地蹭了一阵，于是又走回高岗上坡坐下来。

这回，那只被灰背蹭过的狼走到草垛的斜坡处，前爪搭在草垛上，使自己也成了一个斜坡，接着，另一只狼踏着它的背爬上来，接着又一只踏着另一只狼的背爬上来。老两口儿看清了狼是在倾斜的草垛前搭起了"狼梯"，这一招更厉害，它提高了抽草的速度，它们是在抢时间，以防增援的人赶来。

这时，一只由狼搭好的梯子已经完成，一条大狼顺着狼梯几下就上了草垛，它冲着手无寸铁的老两口儿走了过来。

　　草甸子沉闷的夏天一晃就过去了，转眼入秋了。这一夏，灰背没出洞一次。一是它在獾子洞里储备下足够的食物，二是它从春天浩荡的风的气息中嗅出大地起了毒，所以它不出洞猎食。

　　大地生成的毒气，完全是由于塔虎城一带汉族猎手的到来所致。洒在雪地上的药兔子和野鸡的药水，把土地和雪都污染了。吃了毒药的野物，猎手在取走它们时，同时又将它们有毒的五脏抛在草甸的雪地上……

　　当春风一起，冰雪融化，毒物又融进雪水之中渗入土地，把草根浸烂。开化时泡水里也融进了毒汁。接着，迁徙的季鸟飞来，它们不知土地有毒。

　　季鸟夜宿昼起，扇动着翅膀，又把大量土壤和雪中的毒带起，于是一种疫症又在草甸子上蔓延，这是一种恶性循环。可是幸运的是，灰背以自己的老练与狡猾，成功地躲过了大自然的劫难。当秋天来临时，空气的味儿变清新了。草甸子经过一夏天的冲洗，旧草的烂根该死去的都死去了；一些浸药的毒水也随着泥流淌进了江河水泡，草变得又茂盛起来。大自然在劫难中重新焕发青春，灰背已经在洞中饿得挺不起腰来。

本来，它的踪影消失之后，足足让这一带的人惊奇了一秋一夏。就连狩猎经验丰富的大哥，也多次向何锁子道歉，说瞄不着它的影儿。何锁子也不怪大哥，他不可能怪他。别说大哥一个人，就是秋冬成帮结队从塔虎城以东以南的背着猎药的一伙伙汉族打猎队，他也是不抱有太大的希望，尽管何锁子还热情地请这些人在他家吃过饭。

灰背已是饿得前腔贴后腔，它决定铤而走险。这天头晌，它疲惫地钻出洞口，直奔西南的花淖尔村窜去。为了防止大哥等一些聪明的猎手发现它的踪迹，在临近村口时，它用嘴拔下一些枯黄的秋草，一圈圈地系在自己脚上，给脚戴上"鞋套"，它给自己做了三双"草鞋"。

把自己脚套上脚套，这使任何猎狗都无法嗅到它的气味儿，因枯草发出的气味儿已和大自然的草味儿融合在一起。然后它得意地进村了。当时有一家，男人下地干活去了，只有一个女人领着孩子在家，孩子也就三四岁。灰背先是趴在这家的院墙头上往里观看，当它看到女人背着孩子端着盆走进邻居家借面时，它就溜进了这家的院子。当它发现女人回来时，它出不了院子，一着急就进了屋，没处躲怎么办，一着急见这家人的水缸是空的，情急中它跳进这家的水缸。

当时，这缸里只有少半下水，没了它的下半身子。

女人背着孩子进屋就蹲在土炕前生火，准备和面。可是背上的孩子十分不安，不停地哭。那时孩子小，不会说太多的话，他一边哭，一边从嘴里蹦出一个两个字：

"妈——怕——"

孩子不停地重复这两个字，倒使女人警觉了。是啊，今儿个孩子这是怎么了？而且，别说孩子，就是她一进屋时，也觉得头皮子发炸，于是她就细心起来。

她假装端盆去缸里舀水和面，并四处寻找着。突然，女人发现水缸下面有狼的脚印。

多少年来，这一带的女人都让狼给要精了，她立刻知道孩子为啥哭闹和不安宁。

她立刻摇晃着背上的孩子，哄着说："别哭，你可能是饿了。我去抱点儿柴，烧火给你做饭。"说着，转身就往外跑，她赶紧从墙头上爬过去，到了邻居院子里。

立刻，邻居家的狗狂吠起来。

在她家外屋，只听"哗啦"一声，灰背顶着水瓢从缸里站了起来。它立刻跳出水缸，蹿出屋子，一瘸一拐地跑掉了。

消息在当天就传进了大哥的耳朵里。偏巧，大哥那天领着猎狗去命字井办事，听说有狼进了花淖尔的人家，他立刻带人去了。但他心里画魂儿，是不是它呢？

一年多以来，草原狼渐渐少了。这一是因为蒙古族和汉族猎户采取多种手段打狼，使狼无处藏身，于是它们不得不远走他乡，越过科尔沁草原，进入北部的蒙古高原。二是由于近些年狼的减少，使得一些肥大的草原兔多起来。这些兔专门嗑草场牧草的草根。兔子的猖狂，使牧草遭了殃。许多牧草一点点绝根，许多草场接着沙化或盐碱化了。由于草的退化，草原兔也少了起来，这样狼也失去了吃食，这也成了狼逐渐迁移离开这一带草甸子的原因。

但是，凭着大哥的直觉，他总觉着灰背没走，它不可能走。

露水的湿痕刚刚在阳光下消散，大哥就带了两条猎犬来到了花淖尔村口。突然，猎犬卷子暴跳着狂吠起来。

大哥跑了过去。在村头的草甸子上，卷子发现了灰背裹脚的草套……

先发现一个草套。卷子顺着草棵又找，又发现了两个，总共是三个。

应该有四个，那一个怎么也没有找到。

大哥望着远方点点头，自言自语地说："它终于露面啦，果然是三个草套。"

大哥蹲在地上，仔细地辨认草棵和土壤上的轻轻而又淡淡的狼踪，果然是三足，这已断定是灰背无疑。于是，他让人通知家里，告诉儿子背着猎枪赶到这儿来，他带上两条猎犬，顺着那模模糊糊，隐隐约约的足印跟踪下去。

秋草已经一片枯黄了，草原的草中夹杂着许多开着白花，结着白穗的苇草，草深没人；但猎犬能从这杂草的缝隙间嗅出狼的气味儿来。四野荒凉无比，处处让人充满恐惧，仿佛灰背就躲藏在每一株蒿草的后面，随时对敢于前来的人和一切生灵下爪下口。

秋季的晌午草甸子有些闷。下晌一到，马上又凉爽起来。卷子前边领路，狼踪又是直奔嫩江大堤，大哥不觉又打起了冷战。

灰背奔走的方向，果然不是它的真洞穴方向。

它采取的是老招，先奔假穴。它在自己脚上绑上了草套，它以为这样，进花淖尔村的足迹就不会被人发现。可是出了花淖尔，如果奔跑起来，又十分不便，于是它就甩掉了草套。这样它跑起来方便，可是踪迹还是被猎狗寻到了。并且，大哥从灰背甩掉的三个草套判断，这就是它了，确定无疑。

从前，大哥也碰上过自己制草套套在脚上，闯进人家的屋子去的花脸狼，但那都是四只套。而这次，只在草棵里找到三只草套，这说明了它就是灰背。

灰背没有想到这一点，也不可能想到这一点。它从花淖尔出来直奔嫩江堤岸的设想最初是成功的。它先奔的不是窝洞方向。等接近堤岸，又突然跳入小河道中。这样就是有猎人追来，足迹也消失了。

追踪灰背的猎犬，开始兴致勃勃。可是，当在嫩江堤岸的苇塘一带灰背的足迹突然消失时，猎狗卷子茫然地四处打转。

卷子虽然也是一条上好的猎狗，但比起死在灰背等恶狼口下的傻子，它的本领就差远了。在这里，灰背的踪迹不见了，四处不见有它的洞穴。大哥也走得有些累了，便顺势坐在堤岸草坡上点上了旱烟。

不一会儿，儿子背着猎枪也赶到了。

儿子说："爹，这个地方这么熟悉。"

大哥说："是啊。我也正在想。对了，这不正是那年咱们追踪时，它走小河的那个地方吗？"

"对呀，正是呀。"

"它能不能还走水呢？"

"是呀，我也这么想。"

大哥抬头望望西天，太阳已过了大晌午头，正快要进入西坡。再用不上三四袋烟的工夫，又进入了黄昏……

大哥说："小子，我明白了，它又是故技重演。"

儿子点了点头。

大哥说："但它去的方位是这片江堤的西北，那儿有一片高岗。去年秋天我去过，那儿是一片獾子窝，它奔那边干什么？"

儿子说："咱们立马去看看。"

爹说："不行，撤！"

"往回撤？"

"对。"

大哥说完，回头就走。儿子的习惯是不许问爹，于是急忙跟在身后往于字井甸子的沿头奔去。

灰背又出现的消息，在三天后传到了何锁子耳朵里，正好周家染坊的大姨也来了。大姨什么也没说，只是笑笑。对何锁子娘说："妹子，快炜点好料食，喂喂老母猪吧。"

何锁子娘："喂什么？"

"泡豆饼，加盐料，款待款待它！"

何锁子娘说："你这个人哪，阴阳怪气的，想干什么呢？"但是，姐姐的话，她是信的。因为自从男人故去后，家里的许多事，全是姐姐帮助料理。

这以后的一些日子，何锁子去了两次于字井，都赶上大哥不在家。大哥是领着儿子上獾子岗去了。

那次大哥和儿子回来，爷儿俩分析着灰背洞穴的可能的方位。几年以前，在嫩江堤岸苇塘西北角被称为獾子岗的地方，是獾子们居住的地方，每年他都和乡亲们在此捕获到一些獾子。可是近几年不知为什么，这一带獾子少了。大哥和儿子通过上次追踪扔掉草套的三足狼逃奔的方位，确定是前面的獾子岗。于是爷儿俩决定寻遍这一带，挖地三尺也要找到它。

秋冬的北方，一场秋雨过后竟飘起了雪花。

天冷了，寒风刺骨地吹刮，冬季来到了北荒的科尔沁湿地，大地变白，江河封冻，转眼就到了拿不出手的时候。爷儿俩在獾子岗一带寻了十多天，仍不见任何痕迹。这儿的草岗上，有许多被獾子弃掉的旧洞废洞，在山冈上，让雪和沙土覆盖着，荒荒凉凉的，没有任何生机。大哥和他儿子也有点儿灰心了。

这天头晌，大哥和儿子转到獾子岗的北坡，突然，儿子发现一处看似倒塌的獾子洞的土皮上，挂着厚厚的白霜。

儿子喊："爹，你快来看。"

大哥走上来。他蹲下去，顺手抓起一把霜粉，厚厚的，潮潮的。大哥说："不是獾子呀！"

儿子说："对呀，獾子不能挂这么厚的霜。"

大哥说："没准是它。"

儿子随口问道："是灰背？"

大哥点点头。

这时，大哥带来的卷子也来了机灵，它在西坡的另一个地方叫了起来。大哥跑过去一看，那儿也有一个洞口，而且也结着厚厚的白霜。这时，儿子在坡朝南一点的地方又发现了一个结霜的洞口。后发现的那两个洞口都比较小，说明只是出气口，而从先发现的这个洞口来看，比獾子洞口要大得多。

大哥为了进一步证明自己的判断，他在头一个洞口前一米远的雪土前，轻轻地拂去上面的新雪，仔细地观察新雪下面旧雪硬底上的痕迹。

这一看，让他大吃一惊。

他喊儿子："快来看！"

原来，他在旧雪的地上，发现了三对三对的硬硬的足痕，已经被踩实，并结上了冰疙瘩。

儿子也惊喜地说："爹，正是它呀！"

可是，怎么办呢？爷儿俩又犯了愁。

现在挖又挖不动，枪也打不进去，洞是甩弯的。猎狗进去危险又大，回去找人，又怕它趁机逃掉……

姜还是老的辣。

大哥沉思一会儿，对儿子说："有了。"

"怎么办？"

大哥说出了一个近乎游戏般的想法。

他对儿子说，用背来的枪条和刀锯镩开冰河，用帽子舀水，在狼洞口上浇冻出一个大冰坨子。这样狼就是钻出洞，由于冰坡又高又滑，而且挡住了它的出路，它想跑又跑不掉，想退又很难弯腰……这个招法，是大哥当年从卜奎（白城子）一个老打猎的人那儿学来的。没想到今天反而派上了用场。

儿子一听爹说这个招，立刻赞同。

说干就干。爷儿俩当即动手，砸冰，取水，在灰背洞口先堆一个土堆，然后往上浇水冻冰……

这一招，真灵呀。

不一会儿，一个二尺多高又尖又滑的"冰塔"就在狼洞门口造好了。

这时大哥抬头看看老高老高的太阳说："小子，你赶快到花淖尔和命字井给何锁子送信，就说咱们把灰背堵在洞里了。"

儿子不放心地说："你呢？"

大哥说："我有卷子它们守在这两个气眼和洞口处。现在它肯定不敢出来！你快去快回。"

儿子走后，大哥点上一袋烟，坐在雪地上。卷子和另一条猎狗一直守着一个洞出气眼，不停地走动，监视。

当大哥布下天罗地网，当北风在寒冷的旷野上呼啸的时候，洞中的灰背还不知自己的命运如何，它饥饿、劳累，在洞中昏昏欲睡。但是，猎狗的叫声和洞口外的说话声让它惊恐万状，这是人追踪而来了。

来的人是谁呢？是猎手大哥吗？

半个多时辰左右，大哥儿子已将信捎到命字井，何锁子背上枪，带上必要的工具刚要走，大哥的儿子问："有没有鞭炮？"

"鞭炮？"

"对呀！"

何锁子一下子明白了，说："有哇，去年过年放完还剩一挂小鞭，没舍得放完！"

大哥的儿子说："快带上。"

他们刚要走，何锁子的大姨走来，问："上哪去？"

何锁子说："雚子岗。"

大姨点点头，说："好哇，好哇。"

何锁子、大哥的儿子又领上几个小伙子，大家立刻出发，直奔雚子岗。

人们来到了灰背的洞穴处，大家围在大哥周围研究着下一步的办法。

大哥的儿子把从何锁子家带来的鞭炮往爹面前一推说："把鞭炮点着，从两个气眼塞进去。一崩一炸，它准从洞口出来。"

大哥说，现在也只能这么做了。

说干就干。大哥布置人在离主洞口五米远的地方架好猎枪，猎手旁的猎犬也伏在那里，然后他和儿子每人手里拿着一挂鞭炮，在两个气眼洞口准备点燃。大哥是个麻利手。一切布置好后，爷儿俩先把半挂鞭炮顺进洞里，然后同时点燃了露在外面的半截。

只听噼噼啪啪地燃起了震天的鞭炮，火光闪闪，浓烟四起。那烟火开始很大，一点点地变得发闷声，那是鞭炸在洞里。

这边，守在主洞口处的人也很紧张，等待着灰背露头。

可是，鞭的炸声响了一会儿，就炸完了，而鞭燃起的烟渐渐地都从两个气眼飘了出来，并且不见一点从主洞口冒出。洞口处也没有任何动静。

大哥的儿子说："怎么烟又倒回来了呢？"

大哥说："狡猾的东西，它把气孔都堵上了。"

这可怎么办呢？

有人又出主意说，干脆把洞口都堵上，把它闷死在里头。可是何锁子不同意。

何锁子说："不中，我得亲手把它杀了，我要它的血！"

大哥也说："他要用狼血去祭他爹。"

正在大伙一筹莫展时，只见远方的雪地上，吱吱扭扭地赶来了一辆牛车，是何锁子大姨赶来的，而且牛车上还用棉被盖着什么。

大伙都望着那边。

渐渐地，牛车近了。何锁子大姨周染坊掌柜的从车上跳下来，笑嘻嘻地对大伙说："怎么样？等急了吧。"

何锁子说："大姨，你来干什么？"

大姨说："抓狼呀。"

说完，她一挥手对人们说："还愣着干什么，快卸车呀！"

人们一愣，卸什么？车上也没什么啊。

何锁子大姨一下子揭开棉被，这时人们才看清，原来棉被下的干草上，舒舒服服地躺着一只老母猪，那只养了一年多的老家伙，而且，两只小猪崽，正在它的怀里吃奶呢。

人们又莫名其妙地想问拉老母猪来有什么用？

可是大哥一下子乐了。

大哥拍拍车辕子，对站在一旁的何锁子大姨说："真有你的，这一招，绝呀！"

这时，人们也才领略了大哥和何锁子大姨的设想。大伙立刻动手，用棉被把猪抬到狼洞口的上方一米处的地方放下，然后把两口小猪交给大姨抱着，大哥从母猪身下抽出棉被，一下子点着了。当棉被一起火，大哥就将它塞堵在灰背的主洞口。约莫有一会儿，大概在洞里的空气变得稀少时，他突然将棉被掀开。也就在这时，何锁子大姨也把怀里的小猪崽放在了狼洞口的冰塔两侧。

小猪崽一落地，哇哇刚叫了两声，只见洞里的灰狼喘着粗气慌忙探出头。也就在这一刻，只见那山冈坡顶上的老母猪疯了一样，一个高蹿了上去，嗷的一声叼住灰背的脖子一拉，当时就把灰背像拖一条麻袋一样地从土洞子里拖了出来，好像从洞里拽出一条破旧的皮袄。

几条猎狗也捕上去，按住狼撕咬，极其迅猛。

大伙愣了，瞪大眼睛盯着前面。

这就是母狼灰背吗？是的，是它，三只腿的一条老狼。但是，两冬两夏的洞中生涯，已使它浑身的毛几乎褪光，全身的皮像一条染缸里刚刚熟过的湿皮子，光光的、秃秃的，只有皮，没有多少毛。只是在背脊骨上有一溜长毛，还直直地留着。头上的毛支棱着，乱乎乎的，瞪着两只血红的眼睛。从翻卷的嘴唇两侧龇出的牙，已发着黑绿的土锈色，鼻子和耳朵上，沾满了黄七，样子狼狈极了。如果不是看见它只有三条腿，真叫人不敢相信，这就是北荒上大名鼎鼎的灰背。

这时，大哥等几个猎手已骑压在狼身上。大家用细麻绳捆绑着它的嘴和腿，然后几个人一起把灰背装上了牛车。大家前呼后拥地往村子里奔去。

狼血祭何锁子爹的时日，安排在第二天的头响。

那是一个晴朗的北方的冬日。早上，何锁子就准备好了。

这一次，是把灰背也装在车上，怕它冻坏，也给它盖上一条棉被。何锁子娘、大姨，还有于字井大哥和村里的一些老人、小孩，大家浩浩荡荡地跟在车后，直奔何锁子家的老坟地。

何家的祖坟地在命字井东南，那是一片向阳高坡。

到了坟地，人们都呈半圆形散开，何锁子在爹的坟前扫出一块地方，大哥等人将狼抬到地上。何锁子先是给爹烧了几刀纸，突然，何锁子跪在爹的坟前，哭了。

他说："爹爹，几十年了，儿一直在追杀害你的这条恶狼；今天，儿终于在刘国忠大哥的帮助下把它抓来了、带来了。儿今天就要给你报仇了！"

何锁子说完站起来，他接过大哥递过来的一把牛耳尖刀走向灰背。

那时，灰背已被人们按着趴跪在那里，头冲着何锁子爹的坟头，它的两条前腿曲曲着，后一条腿别在那里，可能已被人打折，歪歪扭扭地插在泥雪中。它可怜巴巴地闭着眼睛，仿佛已经沉沉地睡去。

这时，何锁子弯下腰，把一个盆子放在灰背的头下，然后举起闪亮的刀子一挥，一下子扎进灰狼的前胸。灰狼"嗷！"的一声大叫，身子猛地往前一挺，血从刀口处泉水般涌出，它身子一歪栽倒在一旁。

何锁子接了一会儿狼血，然后端起盆子向爹的坟头走去。他把狼血洒在土坟的四周，一边浇洒一边念叨："爹，你的仇报了，你该闭眼啦。多少年了，我和娘，还有你的孙子们，大家都知道你闭不上眼啊。现在好啦！这个仇报了。爹你闭眼睡吧！"

说着说着，何锁子已是泪流满面了。

站在一旁观看的村里的许多老人都说："你看看人家何锁子，多么孝顺的一个孩子。咱要是能摊上这么孝顺的一个儿子，就是让狼咬死也值呀！"

"是呀！是呀。真是好儿子。"

"不易呀！养上这么一个孩子。"

"爹仇儿报嘛，也是这个理。"

人们说啥的都有。

后来，人们都慢慢地离开了，因为何锁子用狼血祭奠爹的仪式已结束了。灰背的尸体被何锁子拖到野外的土沟里埋了。

一切都结束了。大哥和儿子在何锁子家和命字井的乡亲们吃上一顿饭，然后也上路回村了。

大哥和儿子不断和命字井的村民打招呼："串门去!"

大伙也说："常来吧。"

大伙目送着这位北荒上的出名猎手，走向茫茫的荒野，消失在大雪铺盖的远方。